dtv

Es gibt vieles, was Frauen Tag für Tag beschäftigt, wundert, ärgert oder auch schmunzeln lässt. Ein Glück, dass Dora Heldt genauso fühlt und denkt – und es zudem herrlich selbstironisch, lebensnah und voller Leichtigkeit in Worte fassen kann. Egal, ob es um die verzweifelte Jagd nach der Garderobe für eine Hochzeit geht, um den überraschenden Elternbesuch, lautstark telefonierende Männer im Supermarkt, die komplizierte Logistik bei Silvesterritualen oder den Kauf von Sportschuhen nach zehn Jahren Sportabstinenz: Deutschlands erfolgreichste Romanautorin spricht in ihren hier erstmals versammelten Kolumnen Frauen aus der Seele.

Dora Heldt, 1961 auf Sylt geboren, ist gelernte Buchhändlerin und seit 1992 als Verlagsvertreterin unterwegs. Mit ihren kurzweiligen Familienromanen rund um Christine und Papa Heinz und ihren spritzig-unterhaltenden Frauenromanen hat sie sämtliche Bestsellerlisten erobert. Die Bücher sind zudem fürs Fernsehen verfilmt und in etliche Sprachen übersetzt worden.

Dora Heldt

Jetzt mal unter uns ...

Das Geheimnis
   schwarzer Strickjacken
und andere ganz wichtige
   Erkenntnisse

Deutscher Taschenbuch Verlag

Von Dora Heldt
sind u. a. im Deutschen Taschenbuch Verlag erschienen:
Urlaub mit Papa (21143)
Tante Inge haut ab (21209)
Kein Wort zu Papa (21362)
Herzlichen Glückwunsch, Sie haben gewonnen! (28007)

Ausführliche Informationen
über unsere Autoren und Bücher
finden Sie auf unserer Website
www.dtv.de

Originalausgabe 2014
2. Auflage 2014
© 2014 Deutscher Taschenbuch Verlag GmbH & Co. KG,
München
Dieses Werk wurde vermittelt durch die Literarische Agentur
Thomas Schlück GmbH, Garbsen
Umschlagkonzept: Balk & Brumshagen
Umschlagbild: Markus Roost
Satz: Bernd Schumacher, Obergriesbach
Gesetzt aus der Joanna MT 10,5/15 pt
Druck und Bindung: Druckerei C.H.Beck, Nördlingen
Gedruckt auf säurefreiem, chlorfrei gebleichtem Papier
Printed in Germany · ISBN 978-3-423-21509-1

Inhalt

Das Kind schreibt Kolumnen 10
Italienisch für Anfänger 14
Ich finde nichts zum Anziehen 18
Die Dings, du weißt schon … 22
Eierkicken und Eierkullern 26
Bikini oder Einteiler? 30
Entrümpeln macht glücklich 34
Zerstreut? Bin voll konzentriert 38
Er ist ja nett – aber sie … 42
Mein Vater, die Koreaner
und das Wunder der Technik 46
Neustart im Jogginganzug 52
Statt Muskeln kleine Knubbel 56
Das Geheimnis schwarzer Strickjacken 60
Haarige Zeiten 64
Tischgespräche 68
Wichtigtuer über den Wolken 72
Ferien: Härtetest für die Partnerschaft 76
In der Parfümerie mit Cameron Diaz 80
Mein Leben nach dem Mond 84
Mehr Schein als Sein 88

Jetzt lass mich doch mal ausreden … 92
Immer auf Empfang 96
Taktgefühl – vom Aussterben bedroht 100
Haralds Blick 104
Putzen für Mutti 108
Alphatiere auf der Couch 112
Schweinehunde 116
Ramona aus Hagen 120
Der Wettkampf in der Küche 124
Du, Schatz, wir müssen los 128
Früher war alles besser? 132
Urlaubsneid 136
Zoe-Ophelia und Hilde 140
Warum Frauen gerne Schuhe kaufen 144
Alles eine Frage des Standpunkts 148
Auf einer Skala von eins bis zehn 152
Bilder im Kopf 156
Frauen in Baumärkten 160
Irgendwas Geblümtes 166
Pizza statt Grillen? 168
Kein Grund, sich aufzuregen 172

Ich sag ja gar nichts   176
Sammelleidenschaft   180
Schlank im Schlaf   184
Alle gegen mich?   188
Tannenbäume auf der Autobahn   192
Top-Figur im Daunenmantel   196
Womit habe ich das verdient?   200
Weihnachten wie früher   204
Glücksbringer   208
Mann nimmt ab   212
Ein ganz neues Jahr   216

Das Kind schreibt Kolumnen

Meine Mutter hat mich angerufen. Sie wollte mir erzählen, dass ihre Kletterrose Läuse hat, und bei der Gelegenheit fragen, was ich gerade mache. Ich habe ihr erzählt, dass ich eine Kolumne schreibe. Für ein Frauenmagazin. Und dass ich gerade über ein mögliches Thema nachdenke. »Aha«, sagt sie. »Was ist denn eine Kolumne?«

»Eine kleine Geschichte«, antworte ich. Meine Mutter ist nicht besonders beeindruckt und redet weiter über die Läuse. In den Begonien sind sie nämlich auch. Alles voll. Mein Kopf fängt an zu jucken, deshalb teile ich ihr mit, dass ich keine Zeit mehr zum Telefonieren habe, weil ich weiterschreiben muss.

»Ich denke, es ist nur eine kleine Geschichte.« Meine Mutter reagiert unwirsch. »Über was eigentlich?«

Ich antworte geduldig, dass ich noch ein Thema suche, es muss ja zu einem Frauenmagazin passen.

»Eine Frauenillustrierte?« Jetzt ist meine Mutter hellhörig geworden. »Also, über Mode, Schminktipps, Styling, Kochen und so weiter? Das ist ja toll. Dann kannst du dich ja mal beraten lassen. Modisch und so. Oder was für eine Diät wirklich funktioniert. Die kennen sich doch sicher damit aus. Und du lernst was. Das ist gut. Da kannst du ja über alles schreiben. Zum Beispiel ...«

Sie macht eine Pause, ich warte auf einen kreativen Vorschlag, stattdessen höre ich, wie sie ihrer Nachbarin Heidi erzählt, dass das Kind jetzt eine Frauenillustrierte kennt und beraten wird. Heidi murmelt irgendetwas von Tricks beim Anziehen und von Lippenstiften, die den ganzen Tag halten, woraufhin meine Mutter mich sofort fragt, ob ich da auch fotografiert werde. Ich weise geduldig darauf hin, dass ich kein Modell bin, sondern nur eine kleine Kolumne schreiben muss, sie geht nicht darauf ein, sondern teilt Heidi mit, dass ich viel zu oft Schwarz trage, was mich blass macht, aber vielleicht würde ich jetzt auf die Fachleute hören und mir mal etwas Gelbes oder Rotes kaufen.

»Gelb steht dir gut, Kind, gerade mit dem dunklen Haar.«

Ich wiederhole den Satz mit dem Modell, weil ich nicht weiß, ob sie mir zugehört hat. Es ist ihr auch beim zweiten Mal egal, sie weist mich darauf hin, dass ich mal gucken soll, ob es dieses Jahr wieder diese schönen Nagellacke gäbe, ich wüsste doch, diese Pastellfarben, die sie so gern mag.

Ich versuche es etwas lauter: »Mama, ich schreibe eine Kolumne, ich werde nicht neu gestylt und ich suche keine Nagellacke aus. Ich schreibe.«

»Ja, ja, schrei doch nicht so.« Die mütterliche Stimme

wirkt besänftigend. »Deshalb musst du doch nicht nervös werden. Weißt du denn, über was du schreibst?«

Ich bin etwas erschöpft und flüstere, dass ich ein Thema suche, das interessant ist und gut zu einem Frauenmagazin passt.

»Dann mach doch was über Läuse auf Kletterrosen.« Die Stimme meiner Mutter klingt euphorisch. »Das interessiert die meisten Frauen und vielleicht kommen dann Leserbriefe mit Tipps, wie man mit diesen Viechern fertig wird. Und wenn du eine brauchbare Methode erfahren hast, sag mir Bescheid.«

Sie legt auf und ich starre auf meine leere Seite. Läuse. Na gut. Dann werde ich mal recherchieren. Und wenn Sie eine Idee zur Kletterrosenrettung haben, nur zu. Um den Nagellack für meine Mutter kümmere ich mich dann.

Kindliche Grüße von
Dora Heldt

Italienisch für Anfänger

Ein ausgesprochen gut erzogenes Kind bin ich gewesen. Nicht in allen Belangen, aber hervorragend im Benehmen bei Tisch. Darauf haben meine Eltern allergrößten Wert gelegt. Ob es der gerade Rücken, die Serviette auf dem Schoß, die richtige Handhabung des Bestecks, das dezente Mundabtupfen oder die Freundlichkeit im Umgang mit dem Kellner war, mir wurde alles abverlangt. Und ich bemühe mich noch heute, es zu erfüllen.

»Schule fürs Leben«, sagte meine Mutter damals, »das sind Grundlagen der Zivilisation, die müssen sitzen.«

Lena ist fünf und auch im weitesten Sinne zivilisiert. Was ihr fehlt, sind ... Sie ahnen es. Ich bin ihre Patentante und habe eine erzieherische Aufgabe. Die habe ich mir wenigstens auferlegt. Also lade ich das Kind mit der zugehörigen Familie ab und an zum Essen ein. Wegen der Schule des Lebens und so. Gestern hatte ich einen Tisch bei einem Italiener bestellt. Das Restaurant gilt als kinderfreundlich, das sind wir auch, deshalb passt es.

Ich sitze bereits am Tisch, als Lena, noch mit dem Fahrradhelm auf dem Kopf, auf mich zugerannt kommt und beim Sprung auf meinen Schoß zwei Weingläser vom

Tisch räumt. Der herbeieilenden Bedienung hilft es, dass das Kind auf die Scherben deutet und sagt: »Das muss weg«, bevor sie mir ihre neueste Barbiepuppe zeigt. Mit rosafarbenem Ballettrock. Lenas kleiner Bruder Jakob hat angefangen zu heulen, weil er die Scherben gerade aufheben wollte und das nicht darf. Wegen der Bedienung. Das will die nämlich selbst machen.

Mittlerweile sind auch die Eltern am Tisch. Anna und Axel freuen sich, mich zu sehen, und ziehen Jakob von der Bedienung weg. Er hat sie aufs Knie geschlagen, aber sie hat den Streit angefangen, indem sie ihm die Scherben weggenommen hat. Sagt Lena. Und zwar der Bedienung, die etwas verschnupft geht. Von wegen kinderfreundlich.

Beide Kinder möchten Würstchen essen. Ich erkläre geduldig, dass wir bei einem Italiener sind, daraufhin will Lena ein Spiegelei und Jakob gar nichts mehr. Zu dritt versuchen wir, sie zu überreden, dann bestellen wir eine Pizza Salami für beide. Die Reaktion ist laut und tränenreich, die ersten Gäste gucken rüber, wir lächeln zurück und lassen Lena ihren Helm aufbehalten, weil sie das unbedingt will. Während Jakob die Tischdekoration zerpflückt und neu sortiert, kommt die Pizza. Jakob will immer noch nichts.

Lena findet Salami plötzlich fies und legt die Scheiben unter den Tisch. Falls ein Hund kommt. Daraufhin rutscht Jakob runter und isst die Wurst vom Boden. Damit kein Hund kommt.

Unser Essen wird langsam kalt, weil wir zu dritt bemüht sind, die Kinder auf die gepolsterte Bank und in eine sitzende Haltung zu bekommen. Die Pizza ohne Wurst wird von beiden Kindern schließlich im Liegen gegessen. Ich freue mich, dass sie fast die ganze Pizza schaffen und unsere Trüffelnudeln auch noch lauwarm schmecken. Und erkläre der erschöpften Anna, dass ich die Zwänge am Tisch für spießig und antiquiert halte.

Am nächsten Wochenende werde ich Lena übrigens in die Kinderoper schleppen. Ich hoffe nur, sie mag Musik.

Mit mütterlichen Grüßen
Ihre Dora Heldt

Ich finde nichts zum Anziehen

Anna und ich haben uns zum Shoppen verabredet. Wir sind zu einer Hochzeit eingeladen und haben uns überlegt, was wir anziehen sollen. Schließlich wird es sehr festlich, man könnte also Abendgarderobe tragen. Jetzt ist es so, dass ich in den letzten Jahren kaum Gelegenheiten hatte, ein Abendkleid anzuziehen. Keine Opernbälle, keine rauschenden Feste, nichts, was außerhalb der Jeans und Blusenoutfits liegt.

Und nun also eine Hochzeit. Mein einziges Abendkleid ist achtzehn Jahre alt, dunkelblau mit weißen Pailletten an Arm und Ausschnitt und hat auch noch Schulterpolster. Davon abgesehen ist es Größe 36, das war vor achtzehn Jahren so. Das Angebot meiner Schwester, doch ihren schwarzen Hosenanzug zu leihen, habe ich abgelehnt. Ich sehe mich eher in Rot oder Grün, gerne Chiffon, mit schwingendem Rock und tiefem Ausschnitt.

Meine Freundin Anna ist skeptisch, ich ignoriere sie und laufe euphorisch Meter für Meter die Kleiderstangen in der Hamburger Innenstadt ab. Das erste Kleid ist hinten zu eng, das zweite zu wenig rot und oben zu eng, das dritte schlägt am Hintern Falten und im vierten sehe ich ganz anders aus, als ich es mir vorgestellt habe. Wie Tante Ilse auf ihrer goldenen Hochzeit.

Überhaupt sitzt kein Kleid so, wie es am Bügel aussieht. Die Verkäuferin sagt, dass ich irgendwie nicht der Typ für Abendroben wäre, Anna bekommt einen Lachkrampf und verschwindet mit einer silbrigen Hose in der Kabine, aus der sie nach einem kurzen Moment mit versteinertem Gesicht zurückkehrt und mitteilt, dass sie nicht gewillt sei, zwei Kleidernummern größer als vor der Geburt ihrer Kinder zu tragen. Ihr blauer Samtrock habe einen Gummizug, eine Hochzeit würde er noch überstehen. Sie mustert mich und die grüne Kleiderwurst, in der ich gerade stecke, und schüttelt den Kopf.

»Unmöglich«, sagt sie und kneift mich in die Hüfte. »Die denken, du willst einen lustigen Sketch im Kostüm aufführen. Zieh das bloß aus.«

Wir verlassen etwas deprimiert das Geschäft, finden uns beide zu dick und beschließen, ab dem nächsten Monat wieder regelmäßig zum Sport zu gehen.

Zwei Häuser weiter ist eine Parfümerie, die heute kostenlos ihre Kundinnen schminkt. Die Dame, die mir ein Abendmake-up verpasst, heißt Heike, lobt meine Haut und meine Augen. Beseelt kaufe ich einen sündhaft teuren Lippenstift und den braunen Lidschatten, mit dem sie mir gerade meine Augen vergrößert hat. Anna ist genauso begeistert, ihre Augen sind strahlend blau, ihre Lippen dunkelrot, sie zückt das Portemonnaie und wir verlassen mit winzigen Tüten und großer Erleichterung den Laden. Wir haben erfolgreich geshoppt und werden perfekt geschminkt sein. Zur Feier des Tages gehen wir noch zu einem der besten Italiener der Stadt und bestellen Trüffeltortellini mit Salbeibutter. Schließlich müssen wir ja nichts mehr anprobieren. Und man muss uns bei diesen Augen doch wirklich nicht auf die Hüften gucken.

Der Hosenanzug meiner Schwester sitzt übrigens tadellos und mit dem knallroten Lippenstift bekommt er tatsächlich etwas Festliches. Und Annas Augenfarbe passt genau zum blauen Samtrock. Wir werden auf dieser Hochzeit umwerfend aussehen. Und im Übrigen bin ich wirklich kein Typ für Abendrobe. Sagt Anna auch. Aber wenn wir ab dem nächsten Monat wieder Sport machen und die Kohlehydrate weglassen, könnten wir die Sache mit den Chiffonkleidern im Sommer noch mal angehen. Unsere Freundin Katrin heiratet nämlich im August.

Mit festlichen Grüßen
Dora Heldt

Die Dings, du weißt schon ...

Weil das Wetter neulich so schlecht war und die Baustellen sich auf den Autobahnen im Moment wieder vermehren, bin ich mit dem Zug zu meinem Liebsten gefahren. Ich hatte eine Platzreservierung an einem Vierertisch, einen neuen Krimi in der Tasche und wollte eigentlich meine Ruhe haben. Deshalb hielt sich meine Begeisterung beim Anblick zweier Frauen, die die Plätze gegenüber belegten, auch in Grenzen. Zumal der gesamte Großraumwagen leer war. Aber gut. Frauen sind so, sie setzen sich gerne dazu.

Ich habe mein Buch aufgeklappt und angefangen zu lesen, musste aber dem Gespräch folgen, ob ich wollte oder nicht. Sie unterhielten sich laut und begeistert. Eine der beiden hieß Jutta, die andere Silke. Jutta setzte Silke zunächst von allen Baumaßnahmen ihres Hauses in Kenntnis. Das wurde gekontert von der detaillierten Beschreibung der pubertären Eskapaden von Silkes Tochter. Und dann kam mein Lieblingsdialog:

»Ich habe gestern Dings getroffen, wie heißt sie noch? Du weißt schon, die Dings ...«

»Dings?«

»Na, die Dings, die mit dem Auge und diesem Mann, der hatte …, wie hieß der noch, diese Firma.«

»Ach, ich weiß, die Tochter war doch so …«

»Genau. Eine ganz Hübsche, aber der Freund, das war doch der Sohn von …, die haben oben gewohnt.«

»Der Sohn hat die Apotheke übernommen.«

»Wirklich? Toll.«

»Und was war jetzt mit … meinst du, ich komme jetzt auf ihren Namen?«

»Ich auch nicht. Aber die hat ihn verlassen.«

»Ach, das wurde aber auch Zeit. Der ist ein komischer Typ.«

Ich tat so, als würde ich lesen, und hoffte, dass Silke wenigstens noch erzählte, was mit dem Auge von Dings war und wie es ihrem Mann jetzt ging und ihrer hübschen Tochter. Aber es kam nichts mehr. Stattdessen nickten sie sich zufrieden zu und zogen ihre Zeitschriften aus der Tasche.

Mein Liebster holte mich am Bahnsteig ab. Ich habe mich sehr gefreut, ihn zu sehen, er freute sich ebenfalls, fragte nach der Fahrt und meiner letzten Woche und nannte den Namen des Restaurants, in dem er für später einen Tisch bestellt hatte. Am Auto angekommen fiel mir ein, dass ich tags zuvor einen ehemaligen Kollegen von ihm getroffen hatte. Also setzte ich mich auf den Beifahrersitz, legte meinem Liebsten die Hand aufs Knie und sagte: »Ich habe übrigens Dings getroffen, wie hieß er noch? Mit dem du zusammen in der Redaktion warst. Der mit dem hellen Mantel. Mit diesen Knöpfen. So ein Netter.«

Verständnislos sah mein Liebster mich an. »Keine Ahnung. Ich kenne keinen mit einem hellen Mantel. Schnallst du dich bitte an?«

Manchmal glaube ich, dass Frauen wirklich ein anderes Kommunikationssystem haben.

Mit herzlichen Grüßen, auch von Dings,
Dora Heldt

Eierkicken und Eierkullern

Es ist schon Jahre her, dass meine Freundin Anna beim Eierauspusten ohnmächtig geworden ist. Sie war damals acht, hatte gerade eine Grippe überstanden und sollte in der Schule fünf Eier auspusten. Beim vierten ist sie umgekippt. Das gab natürlich ein Riesentheater. Deshalb, sagt sie, sei sie heute noch traumatisiert und würde Ostervorbereitungen nicht besonders mögen. Um nicht zu sagen, sie konnte sie nicht leiden.

Das finden Nele und ich unmöglich. Wir sind beide Osterfans, lieben Hefezöpfe, Eiersalat und Narzissen, freuen uns seit Mitte Januar darauf und lassen nichts unversucht, Anna von ihrem Ostertrauma zu befreien. Allein schon wegen der Kinder. Lena und Jakob brauchen doch die alljährliche Ostervorfreude für eine gesunde Entwicklung.

Also hat Nele im letzten Jahr beschlossen, dass wir alle aufs Land fahren, um dort Anna und ihre Familie in den Osterzauber einzuführen. Wir wollten mit den Kindern Eierspiele spielen, danach einen Osterspaziergang machen und uns freuen, dass der Winter vorbei ist, der Frühling kommt und die Blätter langsam grün werden. Ich habe mich sofort bereit erklärt, für den Proviant zu sorgen. Vor lauter Ostergefühlen konnte ich mich allerdings nicht entscheiden, also produzierte ich Osterlämmer aus Hefeteig, Quarkhasen, Eiersalate und Eierlikörtorte in Serie.

Mit drei Picknickkörben bewaffnet und zwei Kinder, zwei Männer und Anna im Schlepptau marschierten Nele und ich, anfangs noch glänzend gelaunt, am Ostersonntag. dann einen wirklich schönen Wanderweg entlang. Anna, Axel und selbst mein Liebster waren nicht besonders begeistert. Gut, es war nicht viel von lauer Luft zu spüren, es nieselte leicht bei etwa fünf Grad und der Weg war an den meisten Stellen matschig.

Aber die Kinder fanden die Wanderung schön, zumal wir bereits nach zehn Minuten den ersten echten Osterhasen sahen. Nele hatte sich zudem schlaugemacht, sie kannte zehn verschiedene Osterspiele, die wir alle nacheinander durchzogen, Nieselregen hin oder her. Mein Liebster gewann das Eierkicken haushoch, Axel siegte beim Eierkullern, danach fiel ihnen aber selbst auf, dass sie die Kinder gewinnen lassen mussten. Deren Stimmung stieg, die der Männer sank, Anna hatte inzwischen nasse Füße und keine Lust mehr, also brachen wir auf, um auf Neles Terrasse unter Heizstrahlern das Picknick zu machen. Anna redete auf dem Heimweg noch von Cholesterinwerten, wurde aber von Nele unterbrochen, die sie darauf hinwies, dass Nele und ich sämtliche Eier, selbst die Spieleier, allein ausgepustet hätten, ohne Rücksicht auf Schwindelgefühle und Kopfschmerzen. Und das alles, weil wir, im Gegensatz zu Anna, Ostern einfach großartig fänden.

Nele hatte ihre Terrasse mit Osterglocken, Krokussen und Tulpen geschmückt, die Heizstrahler glühten, der Regen hatte aufgehört, der Himmel wurde blau und auf den Tischen stand alles, was wir nach Osterrezepten gekocht und gebacken hatten. Mein Liebster führte Lena und Jakob noch vor, wie man Eier auspustet. Als ich aber sah, dass sein Kopf knallrot und seine Stirn schweißnass wurden, nahm ich ihm das halb ausgeblasene Ei weg, denn für Ohnmachtsanfälle hatten wir einfach zu viel zu essen. Es reicht ja auch, wenn einer von uns diese Technik beherrscht. Anna blinzelte in die blasse Sonne und nahm das zweite Stück vom Quarkhasen. Und dann sagte sie plötzlich: »Irgendwie ist Ostern fast schöner als Weihnachten, oder? Und ich liebe Quarkhasen!«

Na bitte, dachte ich, und freute mich, dass endlich Ostern war.

Dieses Jahr will Anna uns alle einladen. Das Wetter soll schön werden und sie hat noch neue Eierspiele gefunden. Sie hat nur darum gebeten, dass Nele und ich die Eier auspusten. Das machen wir und wünschen fröhliche Ostern, Luft zum Eierauspusten, gelungene Hefezöpfe, viele Narzissen und Siege bei den Eierspielen.

Vorfreudige Grüße
Ihre Dora Heldt

Bikini oder Einteiler?

Ist Ihnen auch schon mal aufgefallen, wie viele Zusammensetzungen des Wortes »Bikini« es gibt? Bikinizone, Bikinifigur, Bikinidiät, in jedem Frühsommer tauchen diese Wortschöpfungen wieder auf. Die zweiteilige Bademode ist übrigens schon 1900 erfunden worden, damals für Anhänger der Freikörperkultur. 1920 wurden Frauen, die so etwas trugen, am Strand noch verhaftet, wegen Erregung öffentlichen Ärgernisses. Keine Frau wird gern verhaftet, also dümpelte die zweiteilige Bademode so vor sich hin. Bis sie 1946 neu erfunden wurde und einen Namen bekam. Nämlich Bikini, nach dem Namen einer Marshallinsel, auf der in derselben Zeit Kernwaffentests stattfanden. Das war vermutlich ein schlechtes Omen, denn der Bikini setzte sich immer noch nicht durch. Erst als Ursula Andres 1960 als Bond-Girl im Bikini aus dem Wasser stieg, erst da kam diese Mode langsam ins Rollen.

Und jetzt frage ich mich ernsthaft, ob auf einem Kleidungsstück, das mit so vielen Anfangsschwierigkeiten zu kämpfen hatte, wirklich ein Segen liegt. Meine Freundin Nele heult beim Wachsen der Bikinizone, Anna hungert übellaunig mit der Bikinidiät und Millionen Frauen sind sich unsicher, ob sie die richtige Bikinifigur haben. Sie stehen mit winterweißer Haut unter gemeinen Neonröhren in winzigen Umkleidekabinen und fragen sich bei der Anprobe eines Hauchs von Stoff, ob sie sich überhaupt in diesem Sommer an den Strand trauen sollen. Kaum jemand sieht auf Anhieb im Bikini aus wie Halle Berry, weder vor noch nach der gleichnamigen Diät. Entweder hat man zu viel oder zu wenig Busen, zu wenig oder zu viel Hüfte oder zu lange beziehungsweise zu kurze Beine. Bikinis anzuprobieren macht fast jede Frau fertig. Zumal man noch diese weiße Haut hat, weil man den neuen Bikini ja unbedingt vor der Badesaison kaufen muss.

Jedes Jahr warte ich darum auf die schlecht gelaunten Anrufe von Anna und Nele, die sich wieder auf die anstrengende Suche nach dem passenden Bikini machen müssen. Jedes Jahr sind sie fassungslos, dass ich so ruhig bleibe. Dabei ist das ganz einfach. Ich trage keinen Bikini. Nie. Ich sehe nämlich nicht aus wie Halle Berry. Auch nicht wie Ursula Andres. Und ich war immer schon gegen Verhaftungen am Strand und Kernwaffentests auf Inseln. Ich bade einteilig. Schwarz. Ohne Schnickschnack. Da fällt auch nicht auf, dass der Busen zu klein ist und die Beine zu kurz sind. Und dass ich immer noch nicht weiß, was genau eigentlich eine Bikinifigur ist. Und wie man sie bekommt.

Mit Grüßen, auch an Halle Berry,
Ihre Dora Heldt

Entrümpeln macht glücklich

Letzte Woche habe ich meinen Keller aufgeräumt. Nicht weil ich das gerne mache, sondern weil ich die Kiste mit den Sommerschuhen gesucht habe, die unter Altpapier, Altglas und diversen kaputten Gebrauchsgegenständen vergraben war. Und zwar ganz hinten. Bei der Gelegenheit habe ich zwei alte Bügeleisen, eine Zimmerantenne, sechs Tontöpfe und eine alte Gardine entsorgt. Nach einer halben Stunde sah der Keller aus wie neu und die daraus entstandene Euphorie setzte sich in der Wohnung fort. Ich zog Schublade um Schublade auf, öffnete alle Schranktüren und sortierte mit ganzer Hingabe aus. Zu knappe Jeans, rot gemusterte Blumenvasen, karierte Tischdecken, abgelaufene Schuhe, niemals getragene Mützen, von Wachs verklebte Kerzenständer und Henkelbecher vom Weihnachtsmarkt, alles wurde entsorgt. Ab einem bestimmten Zeitpunkt verlor ich jegliche Sentimentalität und Hemmung. Das hat man schließlich schon hundertfach gelesen, Entrümpeln macht das Leben leichter, von Dingen trennen heißt auch Verantwortung abgeben, man sieht die Welt klarer und hat danach jede Menge Platz in den Schränken. Abends lag ich leicht, glücklich und müde in der Badewanne und war sehr stolz auf mich.

Gestern hat meine Freundin Nele mir dann allerdings fünfzig Tulpen geschenkt. Ein ganzer Armvoll Frühling, ich war begeistert. Leider musste ich diesen wunderschönen Strauß in meinen mittleren Putzeimer stellen, die rot gemusterte Vase war ja weg und der gläserne Sektkühler, den ich einen Moment lang suchte, hatte eine winzig kleine Macke gehabt, deshalb hatte ich ihn auch entsorgt. Beim anschließenden Kochen suchte Nele eine Salatschleuder, dann kritisierte sie, dass ich nur ein Schneidebrett habe, und suchte schließlich verzweifelt Tischsets oder wenigstens eine kleine Tischdecke. Es war nichts mehr da. Ich erklärte ihr, dass vieles wirklich überflüssig sei, Nele drückte den Salat mit der Hand aus und sah mich komisch an.

Morgen wollen wir zusammen in ein großes schwedisches Möbelhaus. Ich habe mich schon oft gewundert, warum der Parkplatz um diese Zeit immer so voll ist, jetzt verstehe ich es. Alle brauchen neue Vasen, Salatschleudern, Kerzenständer und Tischsets. Und es gibt so schöne neue Farben. Anschließend fahren wir dann noch in die Stadt. Ich muss mir eine Mütze kaufen, meine alte ist irgendwie weg.

Mit Blick auf die Tulpen im Putzeimer grüßt
Dora Heldt

Zerstreut? Bin voll konzentriert

Meine Mutter hat neulich zu mir gesagt, dass ich zerstreut wirke. Das komme von zu wenig Schlaf und einseitiger Ernährung. Ich habe natürlich protestiert und geantwortet, das sei ihr emotionaler Mutterblick, ich sei überhaupt nicht zerstreut, sondern auf den Punkt konzentriert. Während dieses Telefonats muss ich allerdings meinen Schlüssel in den Kühlschrank gelegt haben, die anschließende Suche hat eine halbe Stunde gedauert und war nur erfolgreich, weil mein Liebster die Milch weggeräumt hat. Bei der Gelegenheit hat er mich an irgendetwas erinnert, was ich sofort wieder vergessen habe. Das zeigt doch aber nur, dass es nichts Wichtiges war.

Trotzdem habe ich mir vorgenommen, ab sofort etwas aufmerksamer zu sein. Ein bisschen mehr Konzentration, und schon wird niemand mehr das Wort »zerstreut« im Zusammenhang mit mir gebrauchen. Das wäre doch gelacht! Heute Morgen habe ich mich mit Kaffee und einem Zettel an den Küchentisch gesetzt, um eine Einkaufsliste zu schreiben. Nach einem kurzen Moment musste ich wieder aufstehen, um einen Teelöffel aus der Schublade zu holen. Ich legte ihn auf den Tisch, setzte mich wieder hin und merkte, dass der Kugelschreiber fehlte. Also stand ich noch mal auf, ging zum Schreibtisch, nahm einen Stift, legte ihn neben den Zettel und setzte mich erneut. Es ging doch. Konzentriert begann ich, meinen Kaffee umzurühren, und dachte plötzlich, dass irgendetwas an diesem Bild nicht stimmte. Der Kugelschreiber war violett. Und ich rührte gerade damit meinen Kaffee um.

Natürlich habe ich sofort damit aufgehört, jeder weiß, dass ein Kugelschreiber nicht zum Umrühren taugt. Und dass man mit einem Teelöffel keine Einkaufsliste schreiben kann. Ich habe sofort alles richtig gemacht, die Einkäufe komplett und konzentriert erledigt, danach noch zwei Geburtstagsanrufe getätigt und meinen Liebsten an seinen morgigen Zahnarzttermin erinnert. Von wegen zerstreut. Ich weiß überhaupt nicht, was meine Mutter immer hat. Ich wollte sowieso im Winter mehr Obst und Gemüse essen, das hat nichts mit ihr zu tun. Oder mit meinen Hirnzellen. Die sind einfach ein bisschen langsamer im Winter. Das können sie auch ruhig sein. Deshalb gehe ich jetzt ins Bett. Mit müden Augen kann ich nicht gut denken. Falls Sie im Moment auch so zerstreut sind, machen Sie sich keine Sorgen. Mit ein bisschen Schlaf und gesunder Ernährung kriegen wir das bis zum Frühling wieder hin.

Grüße, auch von meiner Mutter,
Ihre Dora Heldt

Er ist ja nett – aber sie ...

Mein Liebster kam am Wochenende und erzählte begeistert, dass er nach zwanzig Jahren zufällig seinen allerbesten Jugendfreund Gunnar wiedergetroffen hat. In der Sauna, nach Feierabend, und trotz verschwitzter Körper und nassen Haaren hätten sie sich sofort erkannt. Gunnar wäre mit seiner Frau vor Kurzem erst in meine Stadt gezogen und nun müssten wir uns unbedingt demnächst treffen, ich würde bestimmt ganz begeistert von ihm sein.

Natürlich habe ich genickt, sofort ins Kochbuch ›Gäste bewirten‹ geguckt, meine beste Tischdecke aufgebügelt und mir das ganze Wochenende die schönsten Kindergeschichten von Gunnar und meinem Liebsten angehört. Die Einladung wurde am folgenden Wochenende umgesetzt.

Ich habe die Wohnung geputzt, drei Gänge gekocht, den Tisch schön gedeckt und mich gefreut. Eine halbe Stunde vor der Zeit klingelte es. Mein Liebster stand noch unter der Dusche, deshalb habe ich Gunnar und Gesa empfangen. Er entschuldigte sich für das frühe Erscheinen, erklärte verlegen, dass zu wenig Ampeln rot gewesen seien und er den Weg als weiter eingeschätzt habe, bis sie ihm das Wort abschnitt und mir mitteilte, dass er immer zu früh käme, es wäre wirklich die Pest mit ihm. Ich stellte lächelnd die Blumen in eine Vase, bot etwas zu trinken an und hörte erleichtert, dass mein Liebster bereits das Wasser in der Dusche abgestellt hatte.

In den folgenden Minuten sprach Gunnar kaum, dafür besichtigte Gesa die Wohnung. Sie fand sie zu dunkel und den Boden zu empfindlich, fragte mich, ob eine Wochenendbeziehung nicht schwierig sei, sie könne das jedenfalls nicht, und entdeckte dann mit Entsetzen meine Katze. Während ich die protestierende Mimi auf die Terrasse setzte, kam mein Liebster endlich dazu, umarmte Gunnar, gab Gesa die Hand, hörte sich kurz ihre Katzenallergiesymptome an und bat daraufhin zum Essen.

Bei Rucolasalat mit Scampi erzählte Gunnar Geschichten von früher, Gesa schwieg, weil sie keine Krustentiere mag, und wartete auf den Hauptgang. Das Rinderfilet war zwar gelungen, aber zu viel, Gesa ist Vegetarierin, fragte, ob das Gemüse aus einer Ökokiste kommt, sprach davon, dass sie Hamburg nicht mag, man in Köln viel besser lebt und mein Geschirr im Moment im Kaufhof preisreduziert ist. Außerdem bat sie Gunnar, endlich Wasser statt Wein zu trinken, und mich um einen Kräutertee.

Inzwischen schwiegen Gunnar und mein Liebster, das Dessert lehnte Gesa ab, Mascarpone sei ja das reine Fett. Sie würde stets auf gesunde Ernährung achten und habe seit zehn Jahren dasselbe Gewicht. Ich zog beim Abräumen den Bauch ein und den Pullover über den Hintern und trödelte beim Abwasch.

Als meine Freundin Nele am nächsten Tag anrief, um zu fragen, wie der Abend war, sagte ich, dass ich nur froh sei, dass sie Single ist. Gunnar wäre ja nett – aber Gesa ... Nele antwortete, dass solche Paare erfunden worden seien, damit man die anderen Freunde mehr schätzt. Schließlich gebe es auch Paare, die aus zwei netten Menschen bestehen. Anna und Axel zum Beispiel oder mein Liebster und ich. Neles Problempaar sind ihre Schwester und deren Mann. Der trinkt keinen Alkohol, hat eine Milcheiweißallergie und kennt sich im Leben richtig gut aus. Sie treten nur im Doppelpack auf, und Nele ist immer froh, wenn der Abend ohne Eklat und Beleidigungen vorbeigeht.

»Sie ist ja nett – aber er ...«

Jetzt weiß ich, warum sie vor jedem Schwester-Abend schlechte Laune hat, und habe ihr hoch und heilig versprochen, den nächsten Mann, den sie kennenlernt, ganz genau unter die Lupe zu nehmen. Denn ich möchte auf gar keinen Fall, dass Nele irgendwann Teil eines Problempaares wird. Auf gar keinen Fall.

Mit entschlossenen Grüßen
Ihre Dora Heldt

Mein Vater, die Koreaner und das Wunder der Technik

Normalerweise bin ich nicht so schnell aus der Ruhe zu bringen. Schon gar nicht von irgendwelchen Widrigkeiten technischer Natur.

Mein Vater ist da leider ganz anders. Er nimmt nicht funktionierende Geräte persönlich. Wir haben ihm zum Geburtstag einen DVD-Player geschenkt, danach war der Tag gelaufen. Mein Bruder lag den kompletten Vormittag unter dem Fernsehschrank, programmierte, stöpselte und drehte an Knöpfen, aber der Rekorder wollte einfach nicht gehen. Er nahm nicht auf oder er spielte nicht ab, und wenn doch, dann ohne Ton oder ohne Bild, es war ein grenzenloses Desaster und mein Vater war beleidigt, weil ein koreanischer Ingenieur dieses Gerät sicher nur gebaut hatte, um ihn zu ärgern. Tausende Kilometer entfernt, aber er hatte es geschafft.

Mein Vater war sauer, wir ärgerten uns über meinen Vater und tauschten die koreanische Produktion um. Gegen Druckerpatronen, die brauchte mein Vater sowieso. Dolles Geburtstagsgeschenk, sagte er, die hätte er sich auch selbst kaufen können. Und das alles wegen Korea. Und Ingenieuren, die nicht mal eine vernünftige Gebrauchsanweisung hinkriegen. Er will überhaupt keine modernen Geräte mehr haben. Die brächten einen nur um den Verstand.

Ich fand es unmöglich, dass er sich über ein technisches Gerät so ärgern konnte. Er würde gnadenlos übertreiben, habe ich ihm zugerufen, und sich albern anstellen. Er solle dankbar für die moderne Technik sein und sich mal ein bisschen zusammenreißen.

Am nächsten Tag hatte ich frei. Ich wollte in Ruhe die Wohnung putzen, danach in die Badewanne, nebenbei Wäsche waschen, später etwas einkaufen und abends entspannt und gepflegt meinen Liebsten vom Flughafen abholen.

Meine Kaffeemaschine empfing mich mit dem Befehl »Entkalken« im Display. Nur wer eine vollelektronische Kaffeemaschine besitzt, wird die Bedeutung dieses Wortes verstehen: ein Alptraum. Genau gesagt, ein fast einstündiger Alptraum. Danach schreit das Gerät nämlich noch nach einer Komplettreinigung, nach deren Ende die Spüle und die Arbeitsplatte aussehen, als wäre etwas explodiert. Während ich noch entkalkte, hörte ich komische Geräusche aus der Waschmaschine. Bei genauerer Prüfung fand ich den Grund: Das Licht neben dem Symbol für das Fuselsieb leuchtete rot. Also hebelte ich es auf und reinigte es im Bad. Das Waschbecken war danach vollkommen versaut. Ich stopfte die klatschnasse Wäsche in den Trockner und entkalkte weiter. Mittlerweile war ich völlig verschwitzt und trug immer noch meinen Bademantel. Kurz bevor ich endlich unter die Dusche konnte, piepste der Wäschetrockner durchdringend und ich las mit beginnender Verzweiflung: »Innenfilter reinigen.«

Es war jetzt kurz vor zwölf, ich hatte weder Kaffee getrunken noch geputzt, noch geduscht und in drei Stunden musste ich am Flughafen sein.

Die Türklingel lenkte mich ab. Im Hausflur stand der Briefträger, der mich erstaunt ansah. Ich tat so, als wäre es ganz normal, mittags verschwitzt im Bademantel Post entgegenzunehmen, trat freundlich einen Schritt auf ihn zu und hörte hinter mir die Wohnungstür ins Schloss fallen.

Der Briefträger war zwar so nett, mir sein Handy zu leihen und unbeteiligt zu gucken, lehnte es aber ab, mit mir zusammen auf meine Schwester zu warten, die einen Zweitschlüssel, aber unglücklicherweise auch einen Termin hatte und deshalb eine ganze Weile brauchte, um mich wieder in meine Wohnung zu lassen. Während ich den Bademantel über meiner Brust zusammenhielt und meine nackten Füße über den kalten Fliesen schweben ließ, verfluchte ich sämtliche koreanischen Ingenieure und Kaffeevollautomaten, Waschmaschinen und Trockner, die dermaßen pflegeaufwändig sind, dass sie einen völlig aus der Bahn werfen.

Mein Liebster, der schließlich zeitgleich mit meiner Schwester kam, unterbrach meine wütenden Tiraden mit der Bemerkung, dass keines meiner Geräte aus Korea käme und er nicht verstehe, wie man sich so über Technik ärgern könne. Als wenn er mitreden könnte: Er ist Teetrinker und war noch nie in Korea.

Mit handgemachten Grüßen
Ihre Dora Heldt

Neustart im Jogginganzug

Heute habe ich mir neue Sportschuhe gekauft. Der Verkäufer trug ein Schild, auf dem »Dennis« stand, sah aus wie ein Unterwäschemodel, war sehr charmant und gab mir das Gefühl, etwas völlig Alltägliches zu tun. Er reichte mir einen Schuhlöffel und sah diskret weg, als ich mit hochrotem Kopf aufstöhnte, weil ich schon beim Anprobieren einen Krampf in den Zehen bekam. Der Krampf hielt sich gefühlte zehn Minuten, die Dennis nutzte, um bei einer anderen Kundin (auch ein Unterwäschemodel) ein Sportshirt in grellem Pink abzukassieren. Danach kehrte er zu mir zurück und erkundigte sich freundlich, ob die Schuhe säßen. Ich habe den Schmerz verdrängt und sie gekauft, um diese unwürdige Situation abzukürzen. Mit der entsprechenden Menge Blasenpflaster müsste es eigentlich gehen.

Falls Sie sich jetzt fragen, warum ich Ihnen das erzähle, ganz einfach: Es sind meine ersten Sportschuhe seit zehn Jahren. So lange habe ich nämlich keinen Sport gemacht. Und jetzt muss ich wieder damit anfangen. Weil meine Freundin Nele (Single, unternehmungslustig, mit guten Vorsätzen, einem leichten Gewichtsproblem und auf der

Suche nach einem neuen Partner) beschlossen hat, dass Anna, sie und ich ab dem nächsten Monat zweimal in der Woche in einem Fitnessclub trainieren werden, statt immer nur ins Kino oder zum Italiener zu gehen. Als sie es mir letzte Woche erzählte, habe ich nicht so genau hingehört und deshalb leichtsinnig zugestimmt, aber nun wird es ernst, weil ich gestern Abend unter den strengen Blicken von Anna und Nele den Vertrag unterschreiben musste. Sie haben mich festgenagelt.

Anna ist heilfroh, an zwei Abenden in der Woche ohne ihre Kinder unter Leute zu kommen, außerdem war sie immer die Sportlichste von uns dreien und freut sich, dass sie nun nicht mehr allein joggen muss. Und Nele ist dauernd gespannt, wer da sonst noch so trainiert, und möchte mindestens fünf Kilo abnehmen. Beide sind der Meinung, dass ich in meinem Job viel zu viel sitze, dauernd Rückenschmerzen und in der Woche Zeit genug habe. Deshalb gehen wir zu dritt. Zweimal die Woche.

Und jetzt frage ich mich, warum um alles in der Welt habe ich mich zu diesem Unternehmen überreden lassen? Ich bekomme schon beim Anprobieren der Ausrüstung Krämpfe, habe Angst vor Laufbändern und befürchte, auf Unterwäschemodels zu treffen, die als Fitnesstrainer arbeiten. Ich steuere sehenden Auges auf eine der größten Demütigungen meines Lebens zu. Wenn ich nicht schon beim Aufwärmen vom Cross-Trainer kippe, werde ich mir mit irgendeiner Eisenstange, die an einem Gerät hängt, den Schädel spalten. Oder einfach auf einer Matte zwischen lauter Kleinhanteln aus Konditionsschwäche in Ohnmacht fallen. Vor allen anderen. Dabei habe ich gar nicht so oft Rückenschmerzen, außerdem gehe ich gern ins Kino und noch lieber mit Anna und Nele zum Italiener. Aber dazu werden wir leider gar keine Zeit mehr haben, weil wir nun dauernd zum Sport müssen. Zweimal die Woche. Ich habe jetzt schon Alpträume und Phantomschmerzen in den Muskeln. Außerdem habe ich es abgelehnt, mir mit Nele zusammen ein passendes Sportoutfit zu kaufen. Mir stehen keine engen Trainingshosen und ich sehe grausam aus in taillierten Shirts. Ich habe mein altes Turnzeug nie weggeworfen, vielleicht geht es jetzt als zu Stoff gewordener Protest durch. Also, ich werde es angehen und mich demütigen lassen. Und falls Sie in den nächsten Wochen an dieser Stelle eine Kolumne vermissen, sorgen Sie sich nicht. Nele hat für uns erst einmal einen Probevertrag ausgehandelt. Sobald ich die Arme wieder auf die Tastatur heben kann, erzähle ich Ihnen, wie es war.

Mit noch unsportlichen Grüßen
Ihre Dora Heldt

Statt Muskeln kleine Knubbel

Meine Freundin Nele ist vom Crosstrainer gestürzt. Das ist nicht unbedingt die Meldung der Woche, aber es ist schon eine kleine Notiz wert. Nele ist nämlich diejenige, die Anna und mich zum Sport überredet, wenn nicht sogar gezwungen hat. Und dann das.

Es ist nicht so, dass wir in Konkurrenz stehen, wirklich nicht. Aber ein bisschen hat es mich schon genervt, dass Nele wie aus dem Ei gepellt auf dem Laufband loslegt, als ob sie mindestens drei Marathonrennen im Jahr absolviere. Dabei ist sie keinen Deut sportlicher als wir, sie sieht nur so aus. Während ich mit feuchten Haaren und hochrotem Kopf Mühe habe, meinem Trainer aufrecht gehend zu folgen, sitzt Nele elegant im Schneidersitz auf einer Matte und hört ihrem Coach aufmerksam zu. Natürlich ohne einen Schweißtropfen im Gesicht. Anna flüstert mir zwischendurch zu, dass sie Nele gar nicht zugetraut hätte, nach ihrer jahrelangen Sportabstinenz so gut durchzuhalten. Annas T-Shirt ist wenigstens schon verschwitzt, was mich etwas beruhigt.

Ich weiß nicht, ob Sie das kennen, aber ich habe das Gefühl, dass sich nach jahrelanger Unsportlichkeit meine

Muskeln in eine kurze quadratische Form verwandelt haben. Statt langer Muskelstränge habe ich überall nur noch kurze Knubbel, und mein Trainer in diesem hochmodernen Fitnesstempel, der so etwas wahrscheinlich noch nie gesehen hat, zeigt mir Übungen, die mit diesen kleinen Knubbeln gar nicht funktionieren können. Ich versuche sie trotzdem, schließlich will ich mich nicht blamieren. Vor lauter Anstrengung bekomme ich sofort einen knallroten Kopf, Verspannungen im Nacken und bestimmt unfassbaren Muskelkater. Noch während ich mich mit zusammengebissenen Zähnen bemühe, wandert mein Blick zu Nele, deren Frisur nach wie vor tadellos sitzt.

Auf einer Matte liegt Anna mittlerweile wie ein Käfer auf dem Rücken und stöhnt. Unsere Blicke treffen sich und gehen in Neles Richtung, die locker und sehr gekonnt auf dem Crosstrainer rennt. Ihr Zopf wippt im Takt. Anna robbt langsam auf mich zu und keucht, es sei nur eine Frage der Zeit, dass auch wir diese Leichtigkeit bekämen. Und es sei sowieso nicht so wichtig, wie wir beide dabei aussehen, weil doch nur Nele einen Mann sucht. Wir beide seien ja keine Singles, sondern nur unsportlich. Zumindest im Moment.

Wäre ich nicht so erschöpft, würde mich eine solche dämliche Äußerung aufregen, so winke ich nur schwach ab und muss zugeben, dass ich in diesem Augenblick meinen Liebsten fast aufgeben würde, nur um meine alte Kondition wiederzubekommen. Es ist auch nur ein kleiner Augenblick. Und der ist gleich vorbei, als ich durch ein lautes Geräusch hochgerissen werde. Genau in diesem Moment ist Nele vom Crosstrainer gestürzt.

Lässig rappelt sie sich sofort wieder hoch, ruft ihrem Coach zu, dass alles in Ordnung sei, und kommt dann langsam zu uns. Unauffällig reibt sie ihr Handgelenk und lässt sich neben Anna fallen.

»Ich bin total fertig. Ich habe ganz weiche Beine, ich konnte mich überhaupt nicht mehr auf dem Ding halten. Ich verstehe gar nicht, wie ihr das durchhaltet.«

Erstaunt mustern wir sie. Und tatsächlich, von Nahem sieht sie genauso kaputt aus wie wir. Sie ist gar nicht sportlicher. Es liegt an der Frisur und an den richtigen Sportklamotten. Ich habe es geahnt. Alles nur Fassade. Sehr zufrieden streiche ich mein feuchtes Haar aus dem Gesicht und gebe ihr einen leichten Klaps auf den Arm.

»Ach komm, in ein paar Wochen sind wir alle topfit. Das wird jetzt von Mal zu Mal leichter. Warte einfach mal ab. Jedenfalls war es eine sehr gute Idee, endlich wieder Sport zu machen.«

Ich habe übrigens kaum Muskelkater gehabt, meine kleinen Knubbel kommen langsam wieder in ihre alte Form, und ich bin zuversichtlich, dass Nele immer mehr Stand auf dem Crosstrainer bekommt.

Mit fast schon gestählten Muskeln grüßt
Dora Heldt

Das Geheimnis schwarzer Strickjacken

Ich besitze sieben schwarze Strickjacken. Drei lange, vier kurze. Davon zwei mit Reißverschluss, vier mit Knöpfen, eine ohne. Drei mit Kragen, vier ohne. Gemeinsam sind allen die Farbe und das Material. Sieben schwarze Strickjacken. In einem Schrank. Und alles meine. Regelmäßig werden nur zwei getragen, eine lange mit Knöpfen und eine kurze mit Reißverschluss. Die anderen hängen nur so vor sich hin. Dabei habe ich sie mir alle selbst gekauft. Niemand hat mich überredet, keine einzige habe ich geschenkt bekommen, alle habe ich selbst bezahlt. Und jetzt frage ich mich, warum? Natürlich sind wir uns alle einig, dass man durchaus eine schwarze Strickjacke braucht, vielleicht auch zwei, wegen der unterschiedlichen Längen oder Formen, aber sieben? So viele braucht natürlich kein Mensch.

Die Erklärung liegt vermutlich darin, dass die gemeine schwarze Strickjacke zu den Kleidungsstücken gehört, die sich relativ einfach kaufen lassen. Um sie anzuprobieren, muss man sich nicht in einer engen Umkleidekabine, die mit brutalem Spiegel und gleißendem Licht ausgestattet ist, komplett aus- und wieder anziehen. Man kann sich das schwarze Teil einfach überwerfen, das Bild im Spiegel ist keine große Überraschung, es löst auch kein Erschrecken oder gar Verzweiflung aus, jede Frau kann sich ungefähr vorstellen, wie sie in einer schwarzen Strickjacke aussieht, und so sieht sie dann auch aus.

Ganz anders kann es hingegen laufen, wenn man sich einen Hosenanzug kaufen will, das habe ich nämlich neulich versucht. Ich habe es mir relativ einfach vorgestellt, es gibt Millionen Frauen, die in Hosenanzügen herumlaufen, sie sehen damit immer gut angezogen aus. Es konnte also nicht besonders schwierig sein, einen passenden zu finden. Dachte ich zumindest. Die Verkäuferin gab sich alle Mühe der Welt, trotzdem passte entweder nur die Jacke oder nur die Hose, beides zusammen nie. Nach einer knappen Stunde und sechs Anzügen war ich darum so frustriert, dass ich die Anprobe abbrach. Mit schlechtem Gewissen und noch schlechterer Laune schlenderte ich unter den Augen der freundlichen Verkäuferin durch den Laden, bis ich plötzlich vor einem wunderbar weichen und passend aussehenden Teil stehen blieb: eine zauberhafte schwarze Strickjacke. Und sie passte auf Anhieb.

Das Modell davor war übrigens der Ersatz für ein Etuikleid gewesen. So eines hatte ich an einer Kollegin gesehen und fand es so schön, dass ich dachte, es würde mir auch stehen. Tat es aber nicht. Dafür fand ich eine schwarze Strickjacke, die etwas tailliert war und besonders schöne Knöpfe hatte.

Ich hätte auch gern einmal eine dieser kurzen Lederjacken besessen. Die einzige, die mir wirklich gut stand, war jedoch zu teuer gewesen, dafür war die schwarze Strickjacke mit dem schmalen Gürtel unglaublich herabgesetzt. Die habe ich dann natürlich genommen.

Meine Freundin Anna besitzt vierzehn Paare Sneakers. Nur wenn man sehr nah herangeht, kann man die Unterschiede sehen. Anna kann sie alle unterscheiden, sie merkt sich die Modelle immer mit Hilfe der schicken Schuhe, die sie eigentlich an dem Tag kaufen wollte. Vorne spitz, mit sehr hohen Absätzen. Gerne auch mal rot oder flaschengrün. Sie hat aber nicht die entsprechenden Füße, sagt sie, dafür passen ihr alle Sneakers. Ich kenne das, bei mir ist es ein Hüftproblem, aber das kann man mit entsprechenden Kleidungsstücken ja gut kaschieren.

In eine topaktuelle schwarze Strickjacke gehüllt
grüßt sehr herzlich
Dora Heldt

Haarige Zeiten

Meine Freundin Nele hat sich neulich mit einer potenziellen neuen Liebe getroffen. Sie hatten sich im Internet gefunden, seit drei Wochen geschrieben, mehrere Male telefoniert und sich dann zum Essen verabredet. Nele war sich dieses Mal ziemlich sicher, dass sie am Beginn einer wunderbaren Geschichte stand, und ging äußerst siegessicher zu ihrem Date.

Anna und ich saßen in der Zwischenzeit bei Anna in der Küche und warteten auf ein Zeichen. Das haben wir übrigens schon öfter gemacht. An diesem Abend kam jedoch kein Zeichen, sondern Nele selbst. Und das schon nach zwei Stunden. Und sie war ziemlich sauer.

Hannes, so hieß der potenzielle Kandidat, hatte sowohl bei seiner Größe (er war in Wirklichkeit zehn Zentimeter kleiner), beim Alter (zehn Jahre älter), beim Job (kein Kinderarzt, sondern Kinderpfleger) als auch bei seiner Wohnsituation (alte Wohnung statt Altbauwohnung) geschummelt. Aber das Allerschlimmste war, laut Nele, eine ganz andere Sache: »Er färbt sich die Haare.«

Nele hatte diesen Satz mit einem Widerwillen ausgespuckt, als hätte Hannes in ihrem Beisein ein Massaker in dem Restaurant angerichtet.

»Stellt euch das mal vor, gefärbte Haare. Ein Mann! Ich konnte ihn gar nicht angucken.«

Damit hatte ich nicht gerechnet. Die Haare? Und was war mit dem Rest? Aber Nele blieb dabei. Sie könne niemals etwas mit einem Mann anfangen, der sich die Haare färbe. Da würden ja nur noch die Goldkette und das offene Hemd fehlen, furchtbar.

An dieser Stelle sollte ich erwähnen, dass Nele ihre Haarfarbe alle halbe Jahre wechselt. Von mittelblond über kühlem Blond zur aktuellen Farbe Karamell. Anna trägt Brünett mit roten Strähnchen, meine Haarfarbe habe ich nicht im Kopf, die steht bei meinem Friseur Holger auf einer Karteikarte. Da ich alle sechs Wochen einen Termin habe, kann er die Farbnummer vermutlich auswendig.

Also habe ich Nele gefragt, wo denn das Problem sei. Wir würden doch auch andauernd die Farbe wechseln beziehungsweise auffrischen. Die Haarfarbe der meisten Frauen über dreißig komme aus der Tube. Dann hätten Männer doch das gleiche Recht. Jetzt guckte auch Anna entsetzt. Das könne ich doch gar nicht vergleichen, sagte sie, das sei doch etwas ganz anderes! Sie würde Axels graue Schläfen lieben, es wäre unvorstellbar, dass ihr Mann plötzlich wieder eine Haarfarbe hätte wie mit siebzehn. Sein Gesicht würde doch gar nicht mehr dazu passen.

Eine gewagte These. Ich überlegte, ob Anna fand, dass Nele, sie und ich einfach gesichtsmäßig stehengeblieben waren. Im Gegensatz zu Axel. Dass wir immer noch die Gesichter hatten, die zu unserer siebzehnjährigen Haarfarbe passten. Aber ich hielt mich zurück, ich wollte ja nicht streiten. Andererseits bin ich aber auch ein gerechter Mensch und möchte niemanden benachteiligen. Es ist statistisch erwiesen, dass Männer immer mehr Wert auf Pflege und Kosmetik legen. Und das finden die Frauen gut. Nur bei den Haaren werden sie komisch. Dabei ist mir eingefallen, dass ich in meiner Ausbildung in einen Kollegen verknallt war, der wunderschöne Locken hatte. Und dann traf ich ihn beim Friseur. Er bekam dort eine Dauerwelle und saß, mit dem Kopf voller Lockenwickler, eine Zeitschrift lesend unter einer Wärmehaube. Und was soll ich Ihnen sagen? Es war vorbei mit meinen Gefühlen.

Übrigens glaube ich, war Nele doch sauer, dass Hannes mit seiner Größe geschummelt hat. Er war wohl noch kleiner als sie. Und das kann sie nicht leiden. Und dann auch noch das Alter. Vielleicht war die Sache mit den Haaren ja nur vorgeschoben. Ich hoffe es. Wir sind doch so gerecht.

Mit leichten Grauanteilen am Ansatz grüßt
Dora Heldt

Tischgespräche

Ich bin eine Verfechterin der Theorie, dass man Dinge, die man als Kind nicht gelernt hat, später nur unter großer Anstrengung bewältigen kann. Das gilt natürlich nicht für Autofahren, Waschmaschinenreparaturen oder Standardtanzen, das kommt immer erst später. Nein, ich meine etwas anderes.

Bei uns zu Hause war das Mittagessen heilig. Jeder hatte seinen festen Platz, die feste Zeit gab es sowieso, man wartete mit dem Tellerfüllen, bis alle saßen, und stand erst auf, wenn auch der Letzte mit dem Essen fertig war. Es wurde nicht am Tisch gezappelt, und wenn das Telefon klingelte, hob man nicht ab. Es lief niemals der Fernseher und es blieben keine Reste auf dem Teller. Die einzigen Sätze, die fielen, lauteten: »Gibst du mir bitte mal die Kartoffeln«, oder »Fangt an zu essen, das wird doch alles kalt«. Es ging nur ums Essen. Die Unterhaltung setzte erst wieder ein, wenn abgeräumt wurde. Einer der Vorteile solcher Mittagessen ist, dass alles warm gegessen wird. Und dass man nicht stundenlang am Tisch zubringen muss, gerade, wenn man als Jugendliche noch hundert Dinge auf dem Zettel hat.

Ein Nachteil ist, dass man nicht darauf vorbereitet wird, im späteren Leben Geschäftsessen zu absolvieren.

Während meiner Ausbildung luden meine Chefs mich nämlich einmal zum Mittagessen ein, um einige Dinge mit mir zu besprechen. Kaum kam die Suppe, hörte ich sofort auf zu reden und begann zu löffeln, selbst das Räuspern habe ich ignoriert. Als ich fertig war, hatten die anderen noch nicht einmal angefangen. Sie sagten nichts, wunderten sich wohl nur über meinen gesunden Appetit. Beim Hauptgericht traute ich mich darum nicht mehr zu essen, traurig stellte ich fest, dass kalt werdende Nudeln mit Lachs grauenhaft schmecken. Ich ließ die Reste auf dem Teller.

Meine Schwester bestellt sich nur noch Salat, wenn sie mit ihren Mitarbeitern essen geht. Und beim Reden achtet sie immer auf die Besteckbewegungen der anderen und kaut nur, wenn alle essen. Wenigstens wird der Salat nur welk.

Natürlich kann man alles im Leben lernen. Und ich habe auch in den letzten Jahren erhebliche Fortschritte gemacht. Aber ganz ehrlich, leicht finde ich es nicht. Warum soll ich mir ein warmes Essen bestellen, wenn ich dauernd die Gabel sinken lassen muss, nur um eine Frage zu beantworten, die auch nach dem Essen gestellt werden könnte?

Mein Bruder ist inzwischen Weltmeister der Geschäftsessen. Er macht einfach Smalltalk und geht die wichtigen Themen erst an, wenn die leeren Teller abgeräumt sind.

»Tolle Idee«, habe ich gesagt. Wenn ich als Kind einfach so vor mich hin geredet habe, pflegte mein Vater zu sagen: »Was genau willst du mir eigentlich erzählen? Sortiere dich mal.«

So viel zu meinem Smalltalk-Talent. Aber mittlerweile macht Übung ja den Meister. Ich muss so oft zu Geschäftsessen, dass ich immer souveräner werde. Und wissen Sie, warum? Ich esse vorher Käsebrötchen. Dann bestelle ich mir nur eine Kleinigkeit, sortiere mich und rede die ganze Zeit. Wenn die Teller abgeräumt werden, ist meistens schon alles besprochen. Und meine Trauer über Reste auf dem Teller hält sich in Grenzen.

Meine neue Kollegin muss das noch lernen. Beim letzten Treffen betrachtete ich nur ihren über den Teller gebeugten Kopf. Nach zehn Minuten hatte sie aufgegessen und sah erschrocken hoch. Ich hatte noch nicht mal angefangen.

»Rede übers Wetter«, sagte ich zu ihr. »Den Rest besprechen wir danach.«

Und darum werde ich mir jetzt ein Brötchen schmieren, weil ich in einer Stunde mit der Redaktion zum Essen gehe.

Guten Appetit,
Ihre Dora Heldt

Wichtigtuer über den Wolken

Letzten Freitagabend bin ich von Stuttgart nach Hamburg geflogen. Das ist nichts Besonderes, schon gar nicht für die unzähligen Männer in dunklen Anzügen, die das anscheinend jede Woche machen. Zumindest tun sie so. Neben all diesen wichtigen Vielfliegern waren außer mir nur zwei Frauen an Bord, wir waren die einzigen Farbenflecken in der langen Schlange beim Einchecken. Nur dunkle Anzüge um uns herum, viele Laptop-Taschen und noch mehr kleine Koffer.

Noch auf den letzten Metern ins Flugzeug wird telefoniert. Der Mann links neben mir beruhigt einen Christian. Er ist sich sicher, dass man das Knie ruckzuck operieren kann, höchstens zehn Tage und dann ist alles wieder im Lack. Rechts hinter mir spricht ein anderer dunkler Anzug noch lauter in sein Telefon. Die Silke steht jetzt auf der Abschussliste, ist alles noch topsecret, aber er ist sich sicher. Ganz sicher.

Neben mir läuft eine Frau im roten Mantel, die sich kurz nach den beiden umdreht und böse guckt. Die Typen telefonieren trotzdem in derselben Lautstärke weiter.

Im engen Gang des Flugzeuges gibt es Stau, weil wichtige Männer niemals ihre Koffer aufgeben. Vermutlich haben sie Angst, kostbare Zeit zu verplempern. Stattdessen versuchen sie erst mit Gewalt und dann mit Hilfe einer netten Stewardess, ihre schwarzen Trollis in die Gepäckfächer zu stopfen. Da müssen die nachfolgenden Fluggäste natürlich warten.

Ich habe einen Mittelplatz. Am Fenster sitzt schon ein schwarzer Anzug, der bei meinem Anblick kurz nickt und dann sofort die Augen schließt. Er kann nicht wissen, dass ich mich auch nicht mit ihm unterhalten will. Auf den Gangplatz setzt sich der Bekannte von Christian. Er faltet seine Zeitung auseinander und liest den Wirtschaftsteil, den er erst sinken lässt, als die Stewardess die Getränke bringt. Er sieht mich unwirsch an, weil ich mit in seine Zeitung gucke, und darum überlege ich kurz, ob ich ihn fragen soll, wie das denn mit Christians Knie passiert ist.

Bis zur Landung passiert gar nichts, aber sobald das Flugzeug halbwegs steht, springen alle auf und quetschen sich in den Gang. Da stehen sie dann. Minutenlang. Es hilft nichts, auch die wichtigen Männer müssen warten, bis jemand ihnen die Tür aufmacht. Der wichtige Mann am Fenster muss sogar noch warten, bis ich aufstehe. Und ich stehe erst auf, wenn der Gang frei ist. Keinen Moment vorher. Frauen brauchen das nämlich nicht, sie behalten einfach die Ruhe und warten den richtigen Zeitpunkt ab. So sind wir. Wir Frauen kommen entspannt aus dem Flughafengebäude, wo ein Großteil der Wichtigen immer noch hektisch auf Taxen oder Gattinnen wartet. Der andere telefonierende Anzug von vorhin steigt gerade in einen Wagen, während er schon wieder telefoniert. Ich hoffe nur, dass das nicht Silke ist, die ihn abholt. Das wäre echt gemein.

Mit geduldigen Grüßen
Ihre Dora Heldt

Ferien: Härtetest für die Partnerschaft

Das habe ich neulich in einer Statistik gelesen: Zwei Drittel aller Paare streiten sich im Urlaub. Dafür gibt es natürlich die unterschiedlichsten Gründe. Sie will wandern, er will am Strand liegen, sie mag Städte, er das Land, sie will shoppen, er will Tennis spielen. Menschen sind ja verschieden. Anna und Axel hatten sich so geeinigt, dass sie abwechselnd das Urlaubsziel aussuchen, das war sehr gerecht. In den geraden Jahren machten sie Badeurlaub, in den ungeraden Jahren Kultur. Seit die Kinder da sind, ist es mit der Kultur allerdings schwierig geworden, deshalb gibt es nur noch Badeurlaube, was Axel nicht so gefällt. Ich hoffe nicht, dass sie sich darüber in die Haare kriegen.

Mein Liebster und ich sind uns da immer einig. Ich mag das Meer und ihm ist es egal, wo wir hinfahren, Hauptsache wir fahren. Wir mögen dieselben Restaurants, werden zur selben Zeit wach, wir machen beide ab und zu Sport, gehen manchmal ins Museum, wir liegen gern im Sand und gehen zwischendurch baden, es bedarf keiner Diskussion. Würden wir einen Test machen, um festzustellen, zu welchen Urlaubstypen wir gehören, wir hätten dieselbe Punktzahl. Es ist alles ganz einfach.

Alles? Ja, fast alles, wenn da nicht die unterschiedliche Auffassung über die Ordnung in einem Hotelzimmer wäre. Ich bin ein Auspacker, mein Liebster ein Koffertyp. Da nützt uns das schönste Testergebnis nichts, da gibt es auch keinen Kompromiss, das ist einfach ein Problem.

Sobald ich ein Hotelzimmer betrete, packe ich sofort meinen Koffer aus. Und zwar ganz. Jede Bluse, jede Hose, jeder Rock wird aufgehängt, Strümpfe gerollt, Unterwäsche in Fächer gelegt, Tücher über Sessel drapiert, Wecker auf Nachttische gestellt, Bücher richtig hingerückt, meine komplette Kosmetik im Bad aufgebaut, alles muss richtig liegen, hängen oder stehen. Mein Liebster schiebt seinen Koffer in den Flur, entnimmt jeden Tag nur das, was er gerade braucht, und hält Ordnung. Ich ärgere mich, dass der Koffer im Weg herumliegt und ich mir jeden Morgen den Zeh daran stoße. Er vergleicht mich mit einem Hund, der sein Revier markiert, und wirft meine Strickjacke vom Sessel aufs Bett. Ich muss mich richtig einrichten, erkläre ich ihm, damit ich mich zu Hause fühlen kann. Das wiederum versteht mein Liebster nicht, weil er doch froh ist, mal nicht zu Hause zu sein.

Zwei Drittel aller Paare streiten im Urlaub. Wir haben schon gebucht. Ein Dreizimmerappartement an der Nordsee. Ein Zimmer für den Koffer, ein Zimmer für meine Sachen, ein Zimmer für uns. Wir werden uns doch von Statistiken nicht die Ferien versauen lassen.

*Kofferpackende Grüße
Ihre Dora Heldt*

In der Parfümerie mit Cameron Diaz

Ich habe einen Gutschein von einer Parfümerie geschenkt bekommen. Ich kannte den Laden nicht, aber letzte Woche lief ich zufällig daran vorbei, als ich in der Stadt war. Der Gutschein befand sich noch in meiner Handtasche, kurz entschlossen betrat ich den Schönheitstempel und machte mich auf die Suche nach einer neuen Nagellackfarbe oder einer Körperlotion, irgendetwas im Wert dieses Gutscheins.

Die Suche endete nach zwei Minuten unter den Augen von Cameron Diaz. Man hat sie als Parfümeriefachverkäuferin geklont. Bis auf den Kittel sah sie aus wie im Kino. Mit akzentfreiem Deutsch fragte sie mich, was ich denn suche, und bot ihre Hilfe an. Bevor ich antworten konnte, starrte sie mir ins Gesicht und hob die Augenbrauen. Es sei gut, dass ich nicht geschminkt sei, sagte sie, so könne man eine bessere Hautanalyse machen.

Zufällig gebe es in dieser Woche eine Aktion eines Kosmetikherstellers, der eine neue Linie für Problemhaut wie meine auf den Markt gebracht habe. Cameron tippte vor einem Spiegel auf zwei Flecken in meinem Gesicht, die ich bisher für Sommersprossen gehalten hatte. Sie erklärte, dass altersbedinge Pigmentflecken normal seien, aber meine abnehmende Spannung sei ... Sie beendete den Satz nicht, sondern fragte, ob und womit ich mich im Moment pflegen würde. Und wie sie das fragte. Sie betonte das »ob« und fügte schnell hinzu, dass ich im Großen und Ganzen ja schon gepflegt sei, aber es sei doch ein Defizit zu sehen. Sprachlosigkeit überfiel mich, die sie nutzte, um mir klarzumachen, dass die von mir genannte Pflegeserie zwar nicht schlecht, aber für mein Hautbild völlig ungenügend sei.

Aufmunternd lächelte sie mich mit ihrem perfekten Cameron-Diaz-Lächeln an und stellte mit geübten Handgriffen Flaschen und Tiegel auf den Tisch: Schaum, Tonic, Serum, Ampulle, Tagespflege, Nachtpflege, Augencreme. Zum Glück als Aktion und mit zehn Prozent Ermäßigung. Und dann sagte sie: »Ich benutze selbst seit Jahren die Produkte dieser Firma. Und diese Serie ist wie für Sie gemacht.«

In diesem Augenblick sah ich die kleinen Pickel auf ihrer Stirn. Mindestens fünf, die sich ihren Weg durch die Puderschicht gebahnt hatten. Mitten auf der Stirn. Mit meinem schönsten Dora-Heldt-Lächeln beugte ich mich zu ihr.

»Sie haben da eine Hautirritation auf der Stirn. Kommt das von diesen Produkten? Ich suche übrigens nur hellgrauen Nagellack.«

Sie fasste sich kurz an die Stirn und sah plötzlich

gar nicht mehr aus wie Cameron Diaz. Und sie hatte aufgehört zu lächeln. Schade eigentlich.

Um sie etwas aufzumuntern, habe ich zwei Fläschchen Nagellack gekauft und die zwei Euro, die vom Gutschein übrig waren, großzügig in die Kaffeekasse gesteckt. Camerons Kollegin schenkte mir im Gegenzug zehn verschiedene Aktionsproben. Ich kann sie ja mal ausprobieren, aus dem Pickelalter bin ich zum Glück raus.

Mit herzlichen Grüßen, auch von Cameron Diaz,
Ihre Dora Heldt

Mein Leben nach dem Mond

Nele hat sich vorgenommen, in diesem Jahr mehr auf ihre spirituelle Ader zu achten. Das klingt bedeutungsvoll und wird von einem Mondkalender unterstützt, den sie sich in die Küche gehängt hat. Ab jetzt wird alles besser. Sagt Nele. Und der Mond.

Deshalb macht Nele alle Termine und Vorhaben mit Hilfe dieses Mondkalenders, damit dieses Jahr unvergesslich wird und keine Chance ungenutzt bleibt. Es sei ganz einfach, sagt sie, man müsse nur darauf achten, in welchem Sternzeichen der Mond gerade stehe, je nachdem, was man gerade vorhabe. Es hat zum Beispiel überhaupt keinen Sinn, wenn man im Wassermann-Mond heiratet, weil es zu diesem Zeitpunkt um Freiheit geht. Zum Heiraten braucht man Beständigkeit, und die gibt es nur im Stier-Mond. Unter Wassermann-Einfluss wird sie in diesem Jahr Kurzreisen und Fahrradtouren machen, die werden da besonders schön. Falls ich leidenschaftlichen Sex möchte, soll ich im Kalender nach dem Skorpion-Mond suchen, auf Partys kann ich am besten während des Löwe-Monds glänzen, unter dem Einfluss der Fische habe ich die größte Einfühlung und bin kreativ, was bedeutet, dass beim Schreiben die besten Ideen kommen. Im Widder-Mond verliebt man sich, während das alte Leben ganz leicht in der Phase der Jungfrau aufgeräumt wird.

Aber nicht nur die großen Dinge des Lebens sind von den Mondphasen beeinflusst, auch die alltäglichen werden leichter und besser, wenn man ein paar Grundregeln befolgt. Ob Gartenarbeit, Maniküre, Arztbesuche, Hautreinigung, Frisuren, Hausputz oder Kochen – alles hat seinen richtigen Zeitpunkt. Schwer beeindruckt habe ich mir sofort den gleichen Kalender gekauft. Zu Hause habe ich bei der Monatsplanung aber festgestellt, dass es doch schwieriger ist, als ich vermutet habe.

Meine Massagetermine, die unbedingt im Stier-Mond erfolgen sollten, habe ich aus Unwissenheit in die Zeiten von Löwe, Zwillinge und Widder gelegt – ganz ungünstig. Mein Liebster fährt an den einzigen drei Tagen des Skorpion-Monds auf Geschäftsreise, diese Kolumne muss ich weit weg vom Fische-Mond schreiben, und die günstige Konstellation für den dringenden Friseurbesuch fällt auf einen Sonntag und Montag – da hat Holger geschlossen. Jetzt hoffe ich, dass der sanfte Einfluss des Monds die kleinen Irritationen der Sternzeichen überstrahlt, nicht, dass wir das ganze Jahr schlimme Frisuren und langweiligen Sex haben.

Mit Hoffnung auf weiterhin günstige Mondphasen grüßt
Dora Heldt

Mehr Schein als Sein

Vor Kurzem ging ich zufällig durch eine Straße, in der gerade ein Film gedreht wurde. Natürlich bin ich sofort stehen geblieben und habe gefragt, um welchen Film es sich handelt und wer mitspielt. Die Antwort ließ mich auf der Stelle alle Pläne über den Haufen werfen: mein absoluter Lieblingsschauspieler, der Mann, mit dem ich sofort durchbrennen würde, von dem ich, wenn ich noch ein Teenie wäre, ein Bild überm Bett hängen hätte, genau der war hier. Er spielte einen Kommissar, der die Welt rettet, ich fand es passend und wartete auf seinen Anblick.

Und dann kam er. Genau auf mich zu, weil der nette Techniker für mich ein gutes Wort eingelegt hatte. Und ich ging in die Knie. Leider nicht vor Aufregung, sondern weil mein Idol gut einen Kopf kleiner ist als ich. Er geht mir bis zum Kinn. Höher nicht. Und in seine Jeans käme ich niemals rein. So ein kleiner Hintern. Lediglich die Stimme war die gleiche. Und der fragende Blick, weil ich mich mit fassungslosem Gesichtsausdruck umdrehte und ohne Autogramm einfach ging.

Es ist doch frustrierend, wenn die eigene verträumte Vorstellung von der Welt im wirklichen Leben ganz anders ist. Mir passiert das immer wieder. Ich sehe ein Bild oder einen Film und behalte es im Kopf. Und dann macht mir die Realität einen Strich durch die Rechnung.

Mein selbst gebackener Käsekuchen sieht zum Beispiel immer anders aus als die Abbildungen im Rezept, ich habe nicht die blasseste Ahnung, wieso bei denen der Rand immer so gleichmäßig hoch ist. Tolle Schuhe, die man bestellt, wirken auf Fotos stets bequemer, als sie tatsächlich sind. Vor allen Dingen, wenn man den Rücksendeschein nicht mehr findet. Viele Reiseziele sind wunderschön, wenn die Sonne scheint oder die Hotels so fotografiert sind, dass man sofort seine eigene Wohnung kündigen will, um für immer an diesem Ort zu leben. Kommt man dann nach beschwerlicher Reise im feinen Sprühregen dort an, fragt man sich, warum um alles in der Welt man nicht einfach zu Hause geblieben ist.

Die Werbung für innovative Mascara wird übrigens mit angeklebten Wimpern fotografiert. Ich habe keine Ahnung, wie lange man sich die eigenen Wimpern tuschen müsste, um solche Augen zu bekommen. Und aus Erzählungen eines indiskreten Friseurs weiß ich, dass kaum eine Schauspielerin in Wirklichkeit so schönes Haar hat, wie es mir die Kosmetikfirma beim Anpreisen ihres neuen Shampoos weismachen will. Es ist eben alles ganz anders im echten Leben, da gehen einem auch die Weltretter nur bis ans Kinn.

Das desillusioniert schon. Aber manchmal ist es auch

tröstlich, wenn man merkt, dass man selbst doch ganz gut mithalten kann. So viel besser, schöner und stärker sind die meisten Idole nämlich nicht. Und darum grüße ich an dieser Stelle meinen Fotografen Franz, der mich immer so überaus charmant fotografiert: Sie müssen nicht glauben, dass meine Augenpartie im echten Leben noch so glatt ist.

Ohne falsche Wimpern, aber mit realistischen Grüßen,
Ihre Dora Heldt

Jetzt lass mich doch mal ausreden …

Mein Liebster und ich waren neulich bei meiner Freundin Anna eingeladen. Sie hatte Geburtstag und wollte grillen. Ab 19 Uhr hatte es geheißen. Um fünf Minuten vor waren wir erst fertig, wir würden zu spät kommen, was ich nicht leiden kann.

»Hast du den ...?«, fragte mein Liebster, was ich sofort mit »Ja, natürlich« beantwortete, während ich an ihm vorbei zum Auto eilte. Anna bekommt zu jedem Geburtstag eine Flasche Champagner, den ich bereits in der Hand hielt. Ich fragte mich, wo mein Liebster seine Augen hatte. Mein Liebster ließ die Haustür ins Schloss fallen und folgte mir.

Am Auto reichte er mir die Hand, was ich mit einem lässigen »Ich kann die Flasche auf den Schoß nehmen. Mach lieber das Auto auf« erwiderte.

»Ich brauche den Schlüssel.«

»Habe ich nicht.«

»Ich habe dich doch gerade gefragt.«

»Hast du nicht. Du hast gefragt, ob ich den Champagner habe.«

»Habe ich nicht. Du hast mich wieder nicht ausreden lassen.«

Das war äußerst ärgerlich, zumal nicht nur der Autoschlüssel, sondern auch der Wohnungsschlüssel am Bund hing. Bis wir die Nachbarin ausfindig gemacht hatten, die erst mit dem Taxi von einer Party kommen musste, um uns die Tür aufzuschließen, dauerte es eine Weile. Mein Liebster hielt mir während der Wartezeit einen Vortrag darüber, warum Menschen den anderen nicht ausreden lassen. Respektlosigkeit, Ungeduld, schlechte Manieren. Ich ließ ihn reden.

Eigentlich unterbreche ich selten andere Menschen. Bis auf wenige Ausnahmen. Und da geht es nicht anders. Nehmen wir als Beispiel einen Drogeriemarkt in meiner Straße. Ich hatte wenig Zeit, es war nur eine Kasse besetzt, vor mir drei Kunden mit vollen Einkaufswagen. Die Kassiererin sprach langsam, laut und sehr deutlich.

»Guten Tag. Das macht 13,21 Euro. Haben Sie eine Kundenkarte? Hätten Sie gern eine? Möchten Sie eine Tüte? Bitte schön, hier, bitte sehr, Ihr Kassenbon. Ich wünsche einen schönen Tag.«

Als ich endlich dran war, war ich genervt. Und antwortete noch bevor sie zu scannen begann.

»Guten Tag, keine Kundenkarte, keine Tüte, kein Kassenbon, keine Zeit.«

Sie war beleidigt, genau wie mein Liebster jetzt. Dabei wollte ich nur Zeit gutmachen.

Anna fand es übrigens nicht so schlimm, dass wir zwei Stunden zu spät zum Grillen kamen. Axel war noch mal losgefahren, um irgendwo Grillkohle zu organisieren, er hatte sie nämlich vergessen.

»Ich kam mit meiner Frage nur bis ›Hast du genug ...?‹, da hat er schon ›Aber natürlich‹ gesagt. Woher soll ich denn wissen, dass er die Würstchen meinte?«, teilte Anna uns sauer mit, worauf mein Liebster Axel sofort verteidigte und irgendetwas von »Das kann ja mal passieren« murmelte.

Da war keine Rede mehr von Respektlosigkeit und Ungeduld. Hier war es nur ein Missverständnis. Dann wollte er noch etwas anderes erzählen, das wollten wir aber nicht mehr hören. Wir konnten es uns ja denken. Wenigstens in etwa.

Mit zeitsparenden Grüßen
Ihre Dora Heldt

Immer auf Empfang

Kürzlich habe ich in einem Supermarkt einen jungen Mann gesehen, der, vor dem entsprechenden Regal stehend, sämtliche Marmeladensorten lauthals in sein Handy brüllte. Derselbe Mann hielt danach auch an der Käsetheke den ganzen Betrieb auf, weil er vor seiner Bestellung erst seine Liebste anrufen musste, um sie zu fragen, wie viel sie von welcher Käsesorte haben wollte. Sie konnte sich natürlich erst entscheiden, nachdem er ihr alle Sorten aufgezählt hatte. Und vor dem Kühlregal traf ich ihn noch ein drittes Mal, seither weiß ich, dass Anja nur fettfreie Milch trinkt. Dabei interessiert mich das überhaupt nicht.

Ich sehne mich wirklich nach den Zeiten zurück, in denen Männer mit Einkaufszetteln in den Supermarkt geschickt und wichtige Telefonate hinter der Tür einer Telefonzelle geführt wurden. Das Ganze wird nur noch gesteigert von den Mitmenschen, die die Marmeladensorten nicht mehr erklären, sondern abfotografieren und das Bild in die häusliche Küche schicken.

Auch meine Freundin Nele gehört zu dieser Spezies. Natürlich ist es praktisch, wenn sie sich beim Optiker eine Brille aussucht und mir ein Foto von ihr schickt, damit ich das Gestell beurteile. Oder fünf Bilder neuer Outfits aus einer Umkleidekabine sendet, weil sie sich unsicher ist. Sie hätte mich auch mitnehmen können, das wäre einfacher gewesen.

Aber Nele arbeitet lieber mit ihrem Smartphone. Sie ruft sich kein Taxi mehr, sondern bestellt es online. Sie verzichtet auf die Tageszeitung und liest mit zusammengekniffenen Augen auf dem kleinen Display die wichtigsten Nachrichten. Sie traut dem blauen Himmel nicht mehr, sondern muss wissen, was ihr wetter.de verspricht. Im Kino hat sie neulich während eines zugegebenermaßen langweiligen Films ihre Facebook-Freunde darüber informiert, dass besagter Film langweilig ist. Ich bin einfach eingeschlafen und wurde erst wieder wach, als Nele mich anstieß und mir auf ihrem Smartphone die Kritik des Films zeigte. Er wäre ganz großartig, flüsterte sie, ich solle mir wenigstens den Schluss ansehen.

Nele liebt die Möglichkeiten, die die Technik bietet. Das kann ich alles verstehen, von mir aus können alle Menschen ständig und dauernd mit der Welt kommunizieren. Aber das geht auch leise. Im Übrigen habe ich noch ein Ass im Ärmel. Irgendwann werde ich Nele stecken, dass man auf Fotos, die man von sich selbst macht, meistens ein Doppelkinn hat. Vielleicht hilft es, und wir gehen mal wieder zu zweit shoppen. Oder essen, und zwar ohne ein Foto von den Nudeln zu machen, um sie ins Netz zu stellen. Es wäre wirklich zu schön.

Mit Sehnsucht nach der alten Telefonzelle grüßt
Dora Heldt

Taktgefühl – vom Aussterben bedroht

Meine Freundin Nele hat mich eingeladen. Sie bekommt Besuch von Thorben, einem alten Freund. Ein sehr alter Freund, auch von mir. Wir kennen uns seit vielen Jahren, waren früher auch schon gemeinsam im Urlaub – inzwischen kann ich ihn allerdings nicht mehr leiden. Aber das kann Nele nicht verstehen, sie ist da sehr loyal, und nach all den Jahren der Freundschaft sei man doch entspannt.

Das bin ich leider nicht. Thorben schon. Genau das ist mein Problem mit ihm. Er ist distanzlos. Weil wir uns schon so lange kennen. Ich weiß genau, der Abend wird mit einem abschätzenden Blick beginnen. Dann kommt die Frage: »Bist du schon wieder allein? Wo ist denn dein Liebster?«

Meine Erklärung, dass er viel arbeitet, wird ignoriert, dafür höre ich mir die neueste Statistik an, in der es um Single-Haushalte in Großstädten, bindungsscheue Männer und unverbindlich verlaufende Beziehungen geht.

Das wird aber nur der Anfang sein. Beim letzten Mal riet er mir, mich öfter zu entspannen, man würde mir den Stress ansehen, vor allen Dingen im Gesicht. Er fand auch, dass mich die längeren Haare älter machen, roter Nagellack an meinen Händen irgendwie komisch aussieht und ich mich viel zu selten bei ihm melde. Wie gesagt, ich kann ihn nicht mehr leiden.

Anscheinend geht in Zeiten, in denen fast jeder sein komplettes Privatleben ins Netz stellt, die grausamsten Alltagsgeschichten nachmittags im Fernsehen laufen und am liebsten in der Öffentichkeit telefoniert wird, jegliche Distanz verloren.

Dass meine Mutter mich in einem vollen Café laut fragt, welche Kleidergröße ich eigentlich inzwischen trage, daran habe ich mich gewöhnt. Aber dass eine Bekannte von Nele mir nach zehn Minuten Kennenlernen vorgeschlagen hat, meine Stirnfalte aufspritzen zu lassen, das hat mich schon irritiert. Es passierte auf Neles Geburtstagsfeier. Die eingeladene Bekannte wurde von ihrem Freund begleitet, den Nele noch nie gesehen hatte. Er sie auch nicht, das hielt ihn aber nicht davon ab, sich die Kaltschaummatratze in ihrem Schlafzimmer anzugucken und Nele zu fragen, was sie eigentlich im Monat verdiene, dass sie sich so eine Wohnung leisten könne. Nele kannte nicht mal seinen Namen.

Mir geht diese Distanzlosigkeit zunehmend auf die Nerven. Ich neige im Moment dazu, gar keine Fragen mehr zu beantworten, und wenn, dann nur sehr knapp. Also, falls Sie wissen wollen, wie es mir im Moment so geht, hier ist die Antwort: Gut! Fertig, aus.

Und falls Sie mehr wissen wollen, dann fragen Sie Thorben. Der ist da ganz entspannt.

Schweigsame Grüße
Ihre Dora Heldt

Haralds Blick

In einem Café saßen neulich zwei Frauen in meinem Alter an einem Nebentisch. Es war eng, sie redeten laut, ich tat zwar so, als würde ich Zeitung lesen, fand das Gespräch aber viel interessanter.

Es ging um Harald. Vielmehr um seine Augen. Die sind nämlich schokoladenbraun und man kann diesem Blick einfach nicht widerstehen. Das sagte zumindest die eine der beiden Frauen und fügte dann etwas verlegen hinzu, dass er sie mit diesem Blick auch jedes Mal dazu bringe, ihn in ihr Bett zu lassen. Und das, obwohl er so furchtbar schnarche.

Ihre Freundin antwortete etwas missbilligend, dass *sie* Harald nur über ihre Leiche bei sich schlafen lassen würde, egal wie sehr er sie anschmachte. Das fand ich unverschämt, schließlich ging es um den Liebhaber ihrer Freundin und das ging sie nichts an. Bevor ich mich jedoch richtig aufregen konnte, wurde ich von der Aussage abgelenkt, dass er überhaupt nichts aus der Dose esse, alles müsse sie frisch kochen und sie habe nicht gewusst, was da auf sie zukomme. Aber jetzt habe sie ihn eben und er sei einfach zu süß. Und sie wolle den Arzt noch mal nach der richtigen Ernährung fragen, sie habe sowieso nächste Woche einen Impftermin.

Harald war ein kleines Kind! Trotz Erleichterung fragte ich mich, wie man einen kleinen Jungen mit schokoladenbraunen Augen Harald nennen konnte. Mittlerweile ging es um seine Lieblingsspiele und seine schlechten Angewohnheiten. Er weinte viel, was mir bei einem kleinen Kind normal vorkam, und er spielte am liebsten mit ihren Strumpfhosen, das fand ich dann schon eher gewöhnungsbedürftig. Aber gleich komme Oma mit dem Schätzchen her, dann könne die Freundin sehen, wie groß er geworden sei. Beim Ruf: »Da kommen sie, hallo mein Süßer, da bist du ja, komm her, Mäuschen, komm ...«, drehte ich mich dann doch um. Genau in dem Moment, in dem ein kleiner Mops der Frau in meinem Alter auf den Schoß sprang – und Oma und Freundin guckten stolz zu.

Gerade hat mich meine Freundin Nele angerufen. Ich solle raten, wo man heute als Singlefrau die besten Männer kennenlernen könne. Nein, nicht bei der Arbeit, auch nicht im Freundeskreis: auf einer Hundewiese! Mit seinem Hund Gassi zu gehen sei nämlich eine der besten Möglichkeiten, ins Gespräch zu kommen, das habe sie gerade gelesen. Was ich von der Idee halte, dass sie sich einen Hund zulege?

Ich erinnerte sie daran, dass sie als Vegetarierin kein Fleisch kochen könne, dass Hunde schnarchen und sie morgens dann immer früh rausmüsse. Falls sie das aber immer noch nicht davon abhielt, fügte ich hinzu, sie dürfe ihn auf keinen Fall Harald nennen. Und die Idee, dass Tante Dora mit ihm Gassi gehe, die könne sie sich auch sofort abschminken. Egal, wie er gucken würde.

Mit Grüßen, auch von Harald,
Ihre Dora Heldt

# Putzen für Mutti

Meine Eltern haben sich überraschend zu einem Besuch angemeldet. Einen Abend vorher. Sehr spät. Ich war eigentlich schon auf dem Weg ins Bett, weil ich am nächsten Morgen einen frühen Friseurtermin hatte. Nach dem Anruf war ich hellwach. Es ist nicht so, dass ich unordentlich bin, allerdings hatte ich in den Wochen zuvor sehr viel zu tun und war selten zu Hause.

Meine Wohnung staubt auch, wenn sie leer ist, unter voller Beleuchtung konnte ich das an dem Abend feststellen. Und wenn man das Ganze dann auch noch mit den Augen seiner Mutter betrachtet, ist es eine Katastrophe. Also habe ich angefangen aufzuräumen. So leise es ging, um nicht die Nachtruhe aller Nachbarn zu stören. Ich habe Betten bezogen, Staub gewischt, Wäsche zusammengelegt und weggeräumt, Altpapier in den Keller gebracht und den Esstisch freigeräumt.

Am nächsten Morgen habe ich als Erstes meinen Friseurtermin abgesagt, dann die Böden gesaugt, zwei Fenster geputzt und noch mal Staub gewischt. Dort, wo ich ihn mitten in der Nacht nicht mehr gesehen hatte. Meine

Eltern wollten gegen Mittag kommen, darum musste ich irgendwann das Tempo beschleunigen, weil noch zwei Pflanzen umzutopfen waren, die meine Mutter mir mal geschenkt und deren Versorgung ich vernachlässigt hatte.

Nicht, dass sie mich falsch verstehen: Meine Mutter hat keineswegs einen Reinigungsfimmel, sie sieht sich nur in den Wohnungen ihrer Kinder genau um. Wenn es um Kleinigkeiten wie Bügelwäsche oder eine klebrige Arbeitsplatte geht, nimmt sie es selbst in die Hand und erledigt das. Das macht ihr nämlich nichts aus und sie hilft gern. Ist der Gesamtzustand hingegen nicht gut, dann guckt sie traurig und fragt sich, was sie falsch gemacht hat.

Und genau diesen Blick will ich nicht sehen. Deshalb bringe ich alles vorher in Ordnung. Kurz vor ihrer Ankunft bin ich nach einer abschließenden Kontrolle dann zum Bahnhof gerast, um meine Eltern abzuholen. Im Auto hat meine Mutter auf meinen Scheitel getippt und gesagt, dass ich dringend einen Friseurtermin bräuchte, mein Ansatz würde grau. Ohne darauf einzugehen, habe ich ihr mitgeteilt, dass ich es noch nicht zum Supermarkt geschafft hätte, ich würde meine Eltern jetzt in meine Wohnung bringen und noch mal einkaufen fahren.

Als ich eine knappe Stunde später zurückkam, saugte meine Mutter gerade mit meinem Parkettstaubsauger den Balkon. Sie sagte, man würde gleich merken, dass mir die Zeit für den Haushalt fehle. Überall lägen Blätter und

Erde. Wie gut, dass sie jetzt hier sei und wieder Ordnung in mein Leben bringe. Ich habe nur schwach genickt.

Mit staubfreien Grüßen
Dora Heldt

Alphatiere auf der Couch

Zum Geburtstag eines Kollegen kam einer der Nachbarn verspätet. Er platzte in die laufende Feier, ließ sich, laut redend, aber ohne sich vorzustellen, geschweige denn auch nur einen der Gäste zu begrüßen, auf die Couch fallen und übernahm das Gespräch.

Natürlich brachte ihm der hochgeschreckte Gastgeber sofort den geforderten Rotwein und stellte einen Teller Lasagne zum Aufwärmen in die Mikrowelle. Der verspätete Nachbar war anscheinend nicht nur wichtig, sondern auch berühmt.

Ich hatte leider keine Ahnung, wer er war oder was er beruflich machte, das merkte er aber nicht, wahrscheinlich konnte er sich das auch gar nicht vorstellen. Dafür saß er sehr breitbeinig auf diesem Sofa, den Arm weiträumig auf die Lehne gelegt, und wippte so mit den Beinen, dass das ganze Möbelstück wackelte.

Und mit ihm meine Freundin Nele, neben die er sich gesetzt hatte und die ihn äußerst irritiert anstarrte und nach seinem Namen fragte. Er antwortete nicht, weil er das wohl für einen Witz hielt, dafür lästerte er über alle Nachbarn, die nicht anwesend waren, erzählte von seinem abendlichen Termin, bei dem er es wieder allen gezeigt hatte, schimpfte über deutsche Fluggesellschaften und unfähige Servicemitarbeiter, Geschwindigkeitsbegrenzungen auf Autobahnen und den Verfall des Aktienmarktes. Er kannte sich richtig aus, das war schon mal klar, und Nele stand entnervt auf, weil sie das Wippen schwindelig machte. Auch das merkte er nicht.

Ein Alphatier. So gab er sich wenigstens. Alphatiere sind ja die Leittiere ihrer Herde, nein, aller Herden. Das habe ich nachgeschlagen. Vielleicht hat er gedacht, dass wir Gäste seine Herde sind, das ist möglich. Und deshalb musste er demonstrieren, dass er der Stärkste, der Aktivste und der Kräftigste ist. Das ist zumindest bei Rindern oder Gorillas so. Da muss der entsprechende Stier oder der Silberrücken richtig was zeigen. Er kann da gar nichts dafür, das diktiert die Evolution. Und es geht ja auch nicht, dass irgendjemand Unbedeutendes die Führungsrolle übernimmt. Da muss man sich schon selbst mit breitem Kreuz und lauter Stimme Raum verschaffen.

In einigen Rudeln gibt es übrigens auch Alphaweibchen. Da versuchen die Männchen es gar nicht erst. Alphaweibchen brauchen auch kein Gebrüll, die machen das anders. Bei den Bergzebras zum Beispiel, da ist ein Weibchen die Chefin, schön, schwarz-weiß und elegant. Bei den Tüpfelhyänen übrigens auch. Und die Hyäne sollte eigentlich auch mit einem albernen Gorilla fertigwerden. In aller Ruhe natürlich.

Mit zurückhaltenden Grüßen
Ihre Dora Heldt

Schweinehunde

Ich habe mir gestern frei genommen, um meine Steuerunterlagen zu sortieren. Es war dringend, mein Steuerberater hatte mich bereits zweimal angerufen, es könne doch nicht so schwer sein, die Unterlagen in einen Ordner zu heften und sie ihm zuzuschicken. Das wäre es auch nicht, wenn ich alle Unterlagen auf Anhieb finden würde. Davon kann ich aber nicht ausgehen. Deshalb musste ich mir freinehmen.

Morgens habe ich meinen Wecker nicht gehört und darum erst mal verschlafen. War nicht so schlimm, da ich ja den ganzen Tag Zeit hatte. Die Kaffeemaschine blinkte, weil sie entkalkt werden musste. Das musste ich sofort machen. Ganz in Ruhe, es war ja erst halb zehn, und bei der Gelegenheit habe ich gleich noch das Innere der Maschine gereinigt. Danach ist mir aufgefallen, dass in der Küche überall Kaffeekrümel lagen. Ich habe also gesaugt, und weil ich schon dabei war, gleich die ganze Wohnung. Mit dem Staubsaugerkabel habe ich leider eine Pflanze erwischt, der Topf kippte um, die ganze Erde lag auf dem Boden. Natürlich musste ich die Pflanze gleich umtopfen. Sie war schließlich ein Geschenk meiner Mutter. Es macht keinen Sinn, nur eine Pflanze umzutopfen, wenn drei es nötig haben und man sowieso schon mit der Blumenerde auf dem Balkon steht. Gegen zwölf bekam ich Hunger. Da ich ja eigentlich meine Unterlagen sortieren musste, blieb keine Zeit zum Kochen. Es reichte nur für ein Spiegelei, zumal der Kühlschrank komisch roch. Darum habe ich ihn abgetaut und ausgewischt.

Nach dem Abwasch und dem Putzen des Herdes und der Arbeitsplatte ging ich an den Schreibtisch, der bis in die Schubladen wahnsinnig staubig war. Am späten Nachmittag war das dann auch erledigt. Mein Steuerberater hat mich übrigens abends noch angerufen. Da war ich gerade dabei, meine T-Shirts im Schrank nach Farben zu sortieren. Ich habe ihm gesagt, dass ich so gut wie fertig sei. Ich müsse nur noch ein paar Unterlagen suchen und bei der Gelegenheit gleich das Büro tapezieren. Es bringt doch was, wenn man unangenehme Dinge einfach anpackt. Hinterher hat man angeblich ein gutes Gefühl.

Eingekeilt von inneren Schweinehunden grüßt
Ihre Dora Heldt

Ramona aus Hagen

Letzte Woche hat mich ein akuter Grippeanfall niedergestreckt. Eigentlich wollte ich nachmittags meinen Gutschein bei einer Kosmetikerin einlösen und war abends zu einem Geburtstagsessen eingeladen, auf das ich mich sehr gefreut hatte.

Stattdessen lag ich nun schlecht gelaunt mit Kopfschmerzen, Halsschmerzen, verstopfter Nase und tränenden Augen unter einer Wolldecke auf dem Sofa und versank in Selbstmitleid.

Ich konnte weder lesen noch aufstehen, noch telefonieren – das Einzige, was gerade noch ging, war der Griff zur Fernbedienung. Also schaltete ich bereits mittags den Fernseher an.

Auf dem Bildschirm erschien eine 20-jährige Nageldesignerin namens Sissi, die in ihren arbeitslosen Nachbarn Kevin verliebt war und mit tränenerstickter Stimme in die Kamera flüsterte, dass er ihre Avancen nicht erwidere und sie deswegen schon völlig fertig sei.

Ich schaltete einen Kanal weiter und kam in eine Gerichtsverhandlung. Eine Zeugin im Trägerkleidchen mit weitem Ausschnitt brüllte gerade den hinter ihr sitzenden

Mann an, der sie anscheinend gewürgt hatte und darüber hinaus auch noch ein Menschenhändler war.

Im nächsten Programm lernte ich Ramona kennen, eine Hausfrau aus Hagen, die sich in einer Talkshow darüber beklagte, dass ihr Mann grundlos eifersüchtig war und es deshalb immer zum Streit kam. Der Mann wurde dazugeholt, er war ein gerade aus dem Gefängnis entlassener Koch, der die arme Ramona sofort wüst beschimpfte.

Meine Hand ging automatisch zur Fernbedienung, nach dem Knopfdruck musste ich mir allerdings ansehen, dass ein tätowierter Karsten unter der Beschattung zweier Privatdetektive nicht zur Arbeit ging, wie seine ebenfalls tätowierte Frau dachte, sondern in ein Bordell.

Zurückgekehrt zu Sissi, kam ich gerade richtig zur Auflösung. Kevins bester Kumpel war nämlich Kevins Freund. Und deshalb konnte Kevin Sissis Avancen nicht erwidern: weil er schwul war. Sissi weinte.

Einen Kanal weiter wurde der Menschenhändler noch im Gerichtssaal festgenommen, Karstens tätowierte Freundin rannte mit den Detektiven ins Bordell, und Ramona aus Hagen fiel mit Karacho durch den Lügendetektortest, was zur Folge hatte, dass der eifersüchtige Mann jetzt auch wusste, dass ihr Kind nicht von ihm war, und wütend das Studio verließ.

Völlig erschöpft fiel ich in einen fiebrigen Schlaf. Als ich wieder aufwachte, fühlte ich mich etwas besser. Ich war so dankbar, dass es sich bei mir nur um eine läppische Grippe handelte. Wohingegen Sissi und Ramona ...

Mit immer noch nasalen, aber wieder optimistischen Grüßen
Ihre Dora Heldt

Der Wettkampf in der Küche

Wirklich, ich habe nichts gegen Essenseinladungen. Ganz und gar nicht. Ich finde es sogar sehr schön, wenn man sich mit Freunden gemütlich zum Kochen trifft, zusammen Gemüse putzt und Salatsoßen rührt, beim Schnippeln über Gott und die Welt plaudert und anschließend die Gespräche bei gutem Essen fortsetzt. Dagegen habe ich ganz und gar nichts.

Jetzt hat sich in meinem Freundeskreis aber eine Sache entscheidend verändert: Alle haben Kochkurse besucht. Und zwar nicht irgendwelche, sondern ganz besondere. Entweder haben sie bei ausgewiesenen Spitzenköchen Unterricht genommen oder Spezialitäten aus Ländern gekocht, von denen ich noch nicht mal genau weiß, wo sie liegen.

Letzte Woche hatte Anna Geburtstag. Auf der Einladung stand, dass man Hunger mitbringen solle, es gebe etwas Feines zu essen. Ich freute mich, Anna hatte ja einen Kurs bei einem Sternekoch gemacht. Wir waren zu sechst, der Tisch war mit Damast, Silberbesteck, Kristallgläsern und Granatapfeldekoration gedeckt. Anna wirkte sehr gestresst, sie hatte es nicht geschafft, sich umzuziehen, war auch noch ungeschminkt und sehr nervös. Kaum hatte sie mein Geschenk entgegengenommen, legte sie es schon zur Seite und rannte in die Küche. Auf meine Frage, ob wir irgendetwas helfen könnten, winkte sie hektisch ab und rief, wir sollten uns einfach hinsetzen, es ginge gleich los. Ihr Mann sah uns ratlos an und zeigte auf den Tisch. Den hatte er zwar nach ihren Anweisungen gedeckt, aber in die Küche durfte er auch nicht.

Nach einer winzigen Portion Lachstatar mit Gurkenmousse erschien Anna und fragte gespannt, wie es gewesen sei. Wir nickten, schluckten und lobten, bevor sie erleichtert die leeren Schälchen abräumte und uns eine Fischsuppe mit Zuckerschoten servierte. Während wir still löffelten, tauchte Anna immer wieder kurz auf, sah uns ängstlich an, wartete auf ein Lächeln und ging wieder kochen. Es folgte ein Rinderfilet mit Kartoffel-Zucchini-Torte, und auch das war hervorragend. Wir aßen schweigend, weil wir mit den Gesprächen auf Anna warten wollten. Beim Sorbet von rosa Grapefruits setzte sie sich schließlich völlig erschöpft zu uns – und schlief am Tisch ein. Allerdings erst nachdem sie ihren Mann gebeten hatte, noch die überbackenen Käsebirnen mit Pistazien aus dem Ofen zu holen.

Vielleicht kann ich am Freitag mit Anna reden. Da hat Nele zum Essen geladen. Es gibt eine asiatische Reistafel. Sie kauft schon seit einer Woche ein und hat Lampenfieber, weil bei Anna alles so hervorragend war. Das wird richtig Stress. Um den Druck rauszunehmen, werde ich am nächsten Wochenende kochen. Pellkartoffeln mit Matjes. Und beim Pellen können wir uns endlich in Ruhe unterhalten.

Mit kulinarischen Grüßen
Ihre Dora Heldt

Du, Schatz, wir müssen los

Nele und ich haben neulich auf einer Party eine ehemalige Kollegin von Nele getroffen. Mit Mann. Sie kamen sofort auf uns zu und redeten los. Über die schönen alten Zeiten und was sie heute so machen und wie es ihnen geht. Das einzige Problem war, dass Nele sich überhaupt nicht an ihren Namen erinnern konnte. Es fiel ihr auch nicht ein, weil die beiden sich gegenseitig »Schatz« nannten. Ununterbrochen.

»Schatz, hol Nele doch noch mal etwas zu trinken.«

»Natürlich, Schatz, sofort.«

Wir haben im Verlauf des Gesprächs leider nicht erfahren, wie die beiden nun heißen, waren sogar ganz erleichtert, als sie irgendwann mit dem Satz: »Du, Schatz, wir müssen los«, das Rätselraten beendete.

Wir haben überlegt, ob Paare das machen, weil sie finden, dass ein Name für beide genügt. Das Wort Schatz ist ja auch schön kurz, es kann geflüstert, geraunt, geseufzt, aber auch gezischt und geschrien werden. Sogar verlängert. Immer öfter hört man in Supermärkten oder Restaurants das laute Scha-hatzz, es funktioniert also auch als Aufforderung oder Befehl. Wenn man das »z« richtig laut und böse zischt und das »t« auch noch mehr betont, kann es sogar als Schimpfwort verstanden werden. SCHATTZZ!

Ein Wort für alle Gelegenheiten und Gefühlslagen. Und dann auch noch geschlechtslos. Ob Mann, Frau, Kind, Hund, Katze, Geliebter, Geliebte oder beste Freundin, das Wort passt. Und die meisten hören drauf. Es ist auch wahnsinnig praktisch, gerade wenn man einen Partner mit einem komplizierten Namen hat. Oder wenn die Ehefrau Christine und die Geliebte Christiane heißt. Oder der Ehemann Michael und der Geliebte Michel. Mit dem allgemeingültigen »Schatz« unterlaufen einem keine Fehler. Da geht man doch gleich viel entspannter miteinander um.

Und darum erteile ich an dieser Stelle jedem, der das liest, strikt das Verbot, mich irgendwann, egal aus welchen Gründen und in welcher Situation, »Schatz« zu nennen. Weder geflüstert noch geschrien. Ich werde nicht darauf reagieren. Damit das klar ist.

Es grüßt, mit eigenem Namen,
Dora Heldt

Früher war alles besser?

Gehören Sie auch zu der Altersgruppe, die ab und zu laut seufzt und verkündet, dass früher doch alles einfacher war? Und natürlich viel besser und leichter und schöner? Weil man damals noch so jung und neugierig, so unverbraucht und gesund, so selbstbewusst und hübsch war? Und weil es kein Internet, keine Handys, wenig Autos und keine Hektik gab? Für Letzteres sind wir wohl zu jung, aber der Rest stimmt, oder?

Ich sage es Ihnen: alles Blödsinn. Ich habe nämlich in meine alten Tagebücher geguckt. Das Leben war nicht leichter. Überhaupt nicht. Zu kaum einem Zeitpunkt. Im Alter von zehn Jahren war mein Leben sogar eine einzige Katastrophe. Das kann ich dokumentieren. Mit sehr ordentlicher Schrift habe ich vermerkt: »Es ist alles schrecklich. Ich habe eine Fünf in Mathe, ich darf kein abessinisches Meerschweinchen haben, nicht mal einen Hamster, Mama will nicht, ich sehe ihr auch gar nicht ähnlich, ich glaube, ich bin adoptiert.«

Da haben Sie es. Ich war ein verzweifeltes Kind. Vermutlich auch noch ein elternloses. Anders war es wirklich nicht zu erklären.

Und es wurde nicht besser. Vier Jahre später sah die Welt so aus:

»Am liebsten wäre ich tot. Ich treffe mich mit Jens (der Name ist mit Herzchen umrankt) im Kino und mitten auf dem Kinn habe ich einen riesigen Pickel. Und Schnupfen. Er wird mich doch niemals küssen. Ich sag ab.«

Das waren noch echte Probleme. Aber es ging noch schlimmer. Zwei Jahre später: »Die blöde Schlampe Silke ist jetzt ganz dünn. Sie hat die Haare gefärbt. Blond. Und geht jetzt mit Jens, weil der auf Blondinen steht. Ich darf meine Haare nicht färben, weil ich noch nicht erwachsen bin. Mama spinnt. Ich hasse alle.«

Von wegen, das Leben war leichter. Man hält es für kaum möglich, dass man diese Jahre überleben konnte. Aber ich habe es tatsächlich geschafft. Ich muss mich wundern. Und heute bin ich heilfroh, dass meine Mutter tatsächlich meine Mutter ist, ich kein abessinisches Meerschweinchen versorgen muss, meine Haare färben darf, nicht mehr mit Jens zusammen bin, von Silke seit Jahrzehnten nichts mehr gehört und gesehen habe und meine Haut zwar nicht mehr ganz glatt, aber dafür pickelfrei ist. Eigentlich ist das Leben doch einfacher geworden, oder?

Mit mitleidigen Grüßen an die verzweifelte Jugend
Ihre ziemlich zufriedene Dora Heldt

Urlaubsneid

Gehören Sie auch zu denjenigen, die im Moment nicht in den Urlaub fahren können? Obwohl alle um Sie herum gerade freudig Bikinis und Sonnencremes kaufen, leichte Kleidung in große Koffer packen, die Strohhüte, Stranddecken oder Wanderstöcke aus den Kellern holen, Reiseführer und Straßenkarten herumzeigen, Hausschlüssel bei den Nachbarn verteilen und schließlich triumphierend in ihre vollbeladenen Autos steigen, um sich laut hupend in die schönsten Wochen des Jahres zu verabschieden?

Ich sehe Ihr trauriges Nicken, Sie gehören also auch dazu. Sie und ich, wir halten die Stellung. Unsere Abwechslung besteht darin, in fremden Wohnungen Blumen zu gießen und jeden Morgen plötzlich drei Tageszeitungen ins Altpapier zu werfen. Das klingt freudlos, ist es aber nicht. Ich habe ein System entwickelt, das mir Sommer für Sommer eine Art Überlegenheitsgefühl gibt, was dazu führt, dass ich nach den Sommerferien erheblich entspannter bin als all diejenigen, die jetzt in ihren vollgeladenen Autos sitzen.

Ich beginne damit, vom ersten Ferientag an jeden Morgen sehr konzentriert Verkehrsnachrichten zu hören. Am besten im Deutschlandfunk, da werden nämlich sämtliche Staus gemeldet, nicht nur die regionalen. Von Flensburg bis Konstanz ist alles voller Autos. Mal zehn Kilometer, dann siebzehn, mal vier, dann wieder fünfundzwanzig. Sie stehen. Stundenlang. Die schönsten Meldungen kommen am Wochenende, aber auch in der Woche gibt es gute Phasen. Dazu gibt es verschiedene Wetterstationen. Man muss nur ein bisschen Geduld haben, bis man eine findet, die für das gesuchte Feriengebiet Starkregen und Sturmböen der Stärke 8 voraussagt. Begleitend lese ich jede Menge Artikel, die rein zufällig im Moment überall erscheinen. »Beziehungskiller Urlaub« oder »Horrorhotels – wie bekomme ich mein Geld zurück?«. Im Fernsehen gibt es übrigens gerade ganz wunderbare Reportagen, in denen Hoteltester mit ultravioletten Lampen fiese Viecher in sauber wirkenden Nasszellen finden. Ganz furchtbar. Oder sie testen die Wasserqualität im Pool oder am Strand. Nicht schön, sage ich Ihnen, das will man eigentlich nicht so genau wissen.

Mit diesen ganzen Informationen radle ich dann abends entspannt mit meinem Liebsten durch den Stadtpark, finde in lauschigen Gartenrestaurants freie Tische, stelle erfreut fest, wie leer diese schöne Stadt im Sommer ist, und verstehe gar nicht, dass man neidisch auf Menschen sein kann, die im Moment im Urlaub sind. Dieses Gefühl ist mir ganz fremd. Wir haben es hier doch gut.

Und bekommen überall Parkplätze, weil alle Autos woanders im Stau stehen.

Auf dem Weg zum Blumengießen grüßt gut gelaunt
Dora Heldt

Zoe-Ophelia und Hilde

An einer Ampel musste ich kürzlich einen bösen Aufkleber auf dem vor mir stehenden Wagen lesen: »Kein Balg mit einem blöden Namen.« Wie finden Sie das? Das ist doch unmöglich, oder? Und ausgesprochen respektlos. Da machen sich die Menschen monatelang Gedanken, wälzen Bücher, reden mit Familienmitgliedern und Freunden, sehen Filme, blättern Zeitschriften durch und haben dann endlich für den Nachwuchs den ultimativen Namen. Nicht den nächstbesten, sondern einen ganz besonderen. Schließlich ist auch das Kind etwas ganz Besonderes. Und wie könnte man das besser ausdrücken als mit wohlklingenden Namen wie Chantal-Lisette, Candice-Rose, Luca-Cruz oder Jason-Xaver?

Falls Sie lange Namen nicht mögen, gibt es ja auch schöne kurze. Don Hugo ist doch fast schon knackig, genau wie Vegas oder Shelsy. Letzter ist vielleicht nur entstanden, weil die Eltern nicht ganz sicher in der Rechtschreibung waren, aber ungewöhnlich schön klingt er doch allemal. Und natürlich freut sich die Autoaufkleberindustrie auch über solche Aufträge, oder möchten Sie immer nur Texte wie »Ich bremse auch für Tiere«

oder Umrisse irgendwelcher Inseln drucken? Eben. Diese Namenskreationen zeugen doch von sehr gründlicher Vorbereitung, das kann man sehr wohl mit Aufklebern dokumentieren. Namen wie Marie oder Paul fallen einem schließlich nebenbei ein, dafür reicht die Taxifahrt zur Geburtsklinik. In so kurzer Zeit kommt man nicht auf Zoe-Ophelia oder Celina-Chayenne.

Bei Haustieren verläuft es ganz anders. Hundewelpen und Katzenkinder laufen einem ja meistens zu, da gibt es keine große Vorbereitung bei der Namenswahl. Wie anders ist es zu erklären, dass die beiden Hunde eines bekannten deutschen Schauspielers Dora und Hilde heißen? Das habe ich gerade gelesen. Das ist doch so was von lieblos und langweilig, das kann man ja nicht mal auf einen Aufkleber drucken. Und es zeugt von einer gewissen Gleichgültigkeit diesen Tieren gegenüber. Darüber sollte man mal nachdenken, Kind oder Hund, ein bisschen Mühe muss man sich geben. Dora und Hilde, also ehrlich. Das geht doch nicht. Warum nicht Paris und Texas? Oder Lourdes und Savannah? Oder Peaches und Honeymoon? Es gibt so schöne Namen. Sie müssen nur mal auf die Autos achten.

Mit kreativen Grüßen
Dora Heldt

Warum Frauen gerne Schuhe kaufen

Meine Freundin Nele hat mich neulich gefragt, warum ich noch nie eine Kolumne über Schuhe geschrieben hätte. Das sei doch eines der wichtigsten Frauenthemen und liege deshalb ganz nah. Während sie mir das sagte, schlüpfte sie aus ihren nagelneuen roten Pumps, die ich schon bei ihrer Ankunft neidvoll betrachtet hatte. Hoher Absatz, schönes Leder, vorne spitz. Nele schlug die Beine übereinander und wippte mit ihren bloßen, makellosen Füßen, deren Zehennägel natürlich knallrot und sehr gleichmäßig lackiert waren. Einer der Gründe, dozierte sie nun, dass Frauen ständig Schuhe kaufen, sei, dass Schuhe immer passen. Egal, ob man ein paar Kilos zu viel auf den Hüften habe, die Füße blieben gleich. Man habe immer dieselbe Schuhgröße, und selbst wenn ein Modell nicht passe, bittet man eben die Verkäuferin, eine Nummer größer probieren zu dürfen. Keine Frau rege sich darüber auf, aber jetzt stelle man sich eine Kundin in einer Umkleidekabine vor, die in die Jeans in Größe 40 nicht passt und lauthals nach 42 ruft. Wie demütigend. Beim Schuhekaufen stört das hingegen niemanden.

Nele besitzt übrigens massenweise Schuhe, woraus

man nicht unbedingt auf permanente Gewichtsschwankungen schließen kann, nein, Nele liebt einfach Schuhe. Sie trägt alle möglichen Modelle, im Sommer stets ohne Strümpfe, in allen kann sie kilometerweit laufen und sieht dabei immer toll aus.

Haben Sie auch so eine Freundin? Macht Sie das auch fertig? Mich schon. Ich kann nämlich nicht gut auf hohen Absätzen gehen. Ich stolpere damit. Oder knicke um. Wenn Schuhe vorn zu spitz sind, schlafen mir meine Zehen ein. Ziemlich schnell sogar. Und Riemchensandalen hinterlassen bei mir ein Muster unterm Knöchel.

Jetzt ist es nicht so, dass ich furchtbare Füße hätte. Ich gehe regelmäßig zur Pediküre und lackiere mir jeden Sonntag beim ›Tatort‹ die Nägel. Aber letzte Woche habe ich zum Beispiel mein einziges Paar Pumps, das ich schon oft getragen habe, das erste Mal ohne Strümpfe angezogen. Acht Meter Fußweg vom Parkplatz ins Kino, zwei Stunden gesessen, acht Meter Fußweg zurück – und zu Hause hatte ich zwei Blasen. Auf der Hacke und am Ballen. Und der Nagellack an beiden großen Zehen war abgesplittert. Können Sie mir erklären, wie Nele das macht? Oder andere Frauen mit makellosen Füßen in schönen Schuhen? Bevor ich das nicht herausgefunden habe, werde ich jedenfalls keine Kolumne über Schuhe schreiben.

Mit Blasenpflaster in Sneakers grüßt
Dora Heldt

Alles eine Frage des Standpunkts

Letzte Woche bin ich einen ganzen Nachmittag durch die Stadt gelaufen, auf der Suche nach passenden Schuhen zu einem neuen Kleid. Im ersten Geschäft fand ich gar nichts, im zweiten nur ein zu enges Paar, im dritten stimmte die Farbe nicht und im vierten bekam ich Durst und hatte eigentlich auch keine Lust mehr. An dieser Stelle musste ich zudem aus Zeitgründen abbrechen und fuhr folglich genervt nach Hause. Vor lauter Ärger, dass ich zu meinem schönen Kleid immer noch keine passenden Schuhe hatte, knickte ich auf dem Weg vom Auto zur Haustür schwungvoll um. Der Fuß wurde immer dicker und tauber, zwei Tage später war ich beim Arzt, der diagnostizierte eine Weber-A-Fraktur im Sprunggelenk, verpasste mir eine Schiene und redete von sechs Wochen das Bein hochlegen.

Sie können sich nicht vorstellen, in welchem Maß ich schlechte Laune haben kann. Genervt, verärgert, selbstmitleidig, ungeduldig und mit Wut auf die Schuhindustrie verbrachte ich die erste Woche zu Hause. Nach einer Woche musste ich zur Kontrolluntersuchung, dieses Mal zu einem anderen Orthopäden, der erst einen langen

Blick auf das Röntgenbild, dann auf mich richtete und sagte, es sei doch schlimmer als anfangs angenommen. Er werde mich jetzt zum MRT schicken, und wenn die Kollegen dasselbe sähen, dann solle ich meine Tasche packen und ins Krankenhaus fahren, damit man mich gleich am nächsten Tag operieren könne. Entsetzt ließ ich mich in eine Röhre schieben, dachte, dass ich das schöne Kleid nie würde tragen können und mein Leben doch ein Elend war. Und dann kam der Orthopäde mit den Bildern, erklärte mir, dass es doch nur eine Weber-A-Fraktur sei, meine Bänder zwar auch gerissen seien, ich aber nicht operiert werden müsse. Sechs Wochen Schiene und schonen, ich habe ihn fast geküsst.

Nächste Woche ist nun der Geburtstag einer Kollegin, die in ein sehr edles Lokal eingeladen hat. Ich werde natürlich das schöne Kleid tragen, rechts mit einer Gesundheitssandale, links mit einem flachen schwarzen Schuh. Das geht, finde ich, beim Sitzen fällt es sowieso nicht auf. Eigentlich ist das auch gar nicht so schlimm, wenn man überlegt, was einem im Leben sonst so alles passieren kann. Und die Bedeutung der richtigen Schuhe wird ohnehin überschätzt.

Mit geduldigen, noch humpelnden Grüßen
Ihre Dora Heldt

Auf einer Skala von eins bis zehn

Aus irgendeinem Grund steht meine Telefonnummer im Moment an der Spitze sämtlicher Callcenter der Republik. Das vermute ich zumindest. Denn anders kann ich mir nicht erklären, warum ich regelmäßig und in immer kürzer werdenden Abständen angerufen werde. Zu allen möglichen Tageszeiten klingelt mein Telefon, ich melde mich freundlich und höre eine noch freundlichere Stimme, die mich vertrauensvoll fragt, ob ich einen kleinen Moment Zeit hätte.

Da ich nett bin und niemandem schaden möchte, der beruflich gezwungen ist, wildfremde Leute anzurufen, um ihnen dämliche Fragen zu stellen, habe ich mich bisher immer sofort bereit erklärt und wahrheitsgemäß meine Vorlieben und Abneigungen auf einer Skala von eins (trifft überhaupt nicht zu) bis zehn (hervorragend) eingestuft. Ich habe beschrieben, was, wo, wie oft und wie viel ich einkaufe, habe mir Gedanken über Shampoos und Körperlotionen gemacht, über Fernsehzeitschriften und Nachrichtenmagazine nachgedacht und sogar über Tierfutter gesprochen. Immer überlegt, immer geduldig. Aber es nahm kein Ende. Stattdessen rief kürzlich eine nette Dame aus dem Erzgebirge an und wollte wieder wissen, in welchem Supermarkt ich was, wo, wie oft und wie viel einkaufe. Ich antwortete, dass ich dazu schon einmal befragt worden sei und sie könne doch nicht wollen, dass alles doppelt ausgewertet werde. Das sei ihr egal, sagte sie, Hauptsache, wir könnten jetzt anfangen.

Das hat mich dann doch ein bisschen geärgert. Aber ich bin ja ein umgänglicher Mensch, also habe ich wieder auf einer Skala von eins bis zehn gewertet. Allerdings habe ich einfach mal meine Einkaufsgewohnheiten geändert. Ich trinke jetzt nur noch Dosenbier, esse überhaupt kein Gemüse und Obst, dafür Salzgebäck jeder Art, meine Fleischmenge habe ich vervierfacht und den Brotbedarf komplett gestrichen.

Abends kam der nächste Anruf mit schwäbischem Dialekt. Die glauben jetzt, dass ich kein Auto habe, dafür drei Fahrräder, noch nie mit einem Bus gefahren bin, aber regelmäßig Fährlinien benutze. So kam ich langsam in Übung, und die folgende Befragung zu meinen Urlaubsgewohnheiten wurde dann meine Sternstunde.

Mitten in dieser Welle der Euphorie kam gestern dann der letzte Anruf. Gewohnt freundlich meldete sich ein Callcenter-Mitarbeiter und fragte, ob ich ein paar Minuten Zeit habe.

»Wir machen eine Umfrage im Auftrag der Radiosender. Wir befragen Menschen aus der Altersgruppe 25-30. Gehören Sie dazu?«

Auf mein überraschtes »Nein. Ich bin älter«, sagte er: »Nichts für ungut, dann sind Sie raus«, und legte auf.

Wie finden Sie das? Ich bin raus. Wegen meines Alters. Dabei waren meine Antworten immer so gut. Auf der Skala von eins bis zehn. Na, dann eben nicht.

Mit eingeschaltetem Anrufbeantworter
grüßt etwas eingeschnappt
Dora Heldt

Bilder im Kopf

Vor meinem Kleiderschrank stehend, muss ich leider feststellen, dass ich einem Klischee entspreche, das ich eigentlich für albern halte: Der Schrank ist voll, aber ich habe nichts anzuziehen.

Natürlich kann ich mich mit den vorhandenen Teilen vor Kälte, Nässe oder peinlichen Auftritten schützen, aber für diesen Anlass jetzt (nichts Besonderes, nur eine Geburtstagseinladung) habe ich nichts. Gar nichts. Es sei denn, ich gehe in Jeans und schwarzer Strickjacke. Dabei bin ich alles systematisch durchgegangen. Die Erklärung dafür ist denkbar einfach: Fehlkäufe. Und, wenn man ehrlich ist, auch Gewichtsschwankungen.

Fangen wir bei den Hosen an. Jeans: drei Stück, eine davon zu ausgewaschen, eine etwas zu eng am Hintern, eine okay. Eine weiße Chino: zu kurz. Eine braune Cordhose: doch nicht im Sommer. Zwei schwarze Hosen: zu fein. Über die lachsfarbene und die rote reden wir erst gar nicht.

Weiter mit den Blusen. Bei einer weißen fehlt der Knopf genau in der Mitte, die andere hat einen blöden Kragen. Drei sind aus Leinen und total verknittert, die grüne ist zu kurz, die geblümte und die pinkfarbene verschweige ich. Bei den Kleidern sieht es nicht besser aus. Eines aus Leinen, siehe die Ausführung bei den Blusen, das nächste zu durchsichtig und der Unterrock ist in der Wäsche, zwei zu kurz, eines zu eng, dazu ein braunes Kleid mit weißen Punkten und das letzte hat Schmetterlinge im Muster. Der Rest im Schrank setzt sich aus Unmengen bunter T-Shirts, mehreren Strickjacken, einer Handvoll grauer Pullover und Tüchern zusammen.

Den meisten Platz nehmen diese Fehlkäufe in Anspruch. Es sind diese Bilder im Kopf, die mich dazu bringen, Sachen zu kaufen, die jetzt hier hängen. Nehmen wir doch nur das gepunktete Kleid. Im Film ›Pretty Woman‹ war das meine Lieblingsszene: Julia Roberts, gepunktet auf der Rennbahn. Aber ich sehe einfach nicht aus wie Julia Roberts, auch nicht in einem gepunkteten Kleid. Wieso merke ich das erst zu Hause vor dem Spiegel? In der Umkleidekabine habe ich die Bilder im Kopf und bin begeistert. Aber vor dem heimischen Spiegel habe ich das dann plötzlich selbst an. Und denke nicht an Julia Roberts, sondern an Tante Martha. Ich sehe auch in pink nicht so aus wie Helene Fischer und in lachsfarbenen Hosen auch nicht wie die neue Freundin meines Nachbarn. Und Leinen knittert nur bei anderen vornehm.

Jetzt habe ich alle Fehlkäufe fotografiert und nehme diese Bilder zum nächsten Einkauf mit. Statt der Bilder im Kopf. Ich hoffe, dass es klappt. Weil ich so gern einen hellblauen Hosenanzug hätte. So in der Art, wie ihn gestern Abend die Nachrichtensprecherin getragen hat.

Wünschen Sie mir Erfolg, in immer denselben Klamotten grüßt
Dora Heldt

# Frauen in Baumärkten

Laut einer Umfrage nimmt der Anteil der weiblichen Kunden in Baumärkten stetig zu. Das habe ich neulich mit großem Interesse gelesen. Es gibt mittlerweile Workshops, in denen Frauen Fliesen legen, begehbare Kleiderschränke zimmern oder diverse Dinge an Wände schrauben. Ich finde das toll. Das ist doch wieder mal ein großer Schritt in Richtung Gleichberechtigung. Und müsste natürlich selbstverständlich sein. Warum sollen Frauen ihre Samstagvormittage nicht genauso in Baumärkten verbringen dürfen wie Männer?

Eben, es gibt keinen einzigen Grund dagegen. Zumindest nicht laut dieser erwähnten Umfrage. Bei der *ich* übrigens nicht befragt wurde. Sonst wäre sie vielleicht etwas anders ausgefallen. Ich kann Baumärkte nämlich nicht leiden. Nein, das ist falsch ausgedrückt: Ich fühle mich in Baumärkten nicht wohl. Obwohl, auch nicht richtig: Ich fühle mich einsam, überflüssig und unwissend. Und gebe vor lauter Frust in diesen Märkten unnötig Geld aus.

Sie verstehen das nicht? Das ist ganz einfach. Neulich bin ich zu einem Baumarkt gefahren, weil ich Balkonkästen gesucht habe. Ich habe sie nicht gefunden, ebenso wenig einen Mitarbeiter, den ich hätte fragen können. Stattdessen lief ich eine knappe Stunde an Dingen vorbei, die ich noch nie gesehen hatte, und an Schildern, die ich nicht verstanden habe. Wodurch unterscheiden sich zum Beispiel Drahtstifte, Sockelleistenstifte, Rundkopfstifte, Stahlrillennägel und Drallnägel? Wozu braucht man Einschlagmuttern, Justierschrauben oder Senkschrauben? Was macht man mit Blindnieten, Ringmaulschlüsseln, Spitzfederzwingen oder gar einem Warzenblech? Und wer um alles in der Welt kauft die Mauernutfräse MacAllister?

Ich durchlief verständnislos einen Gang nach dem anderen, ohne dass ich nur einen Moment das wunderbare Gefühl einer Kauflust verspürt hätte. Und das ist traurig. Irgendwann kommt in jedem Baumarkt aber dann doch eine Strecke für die Ahnungslosen. Da liegen endlich Dinge, die jeder erkennt. Und hier werfe ich dann das eine oder andere erleichtert in den Einkaufswagen, weil ich mich nicht kleinlaut an der Kasse vorbeischieben will. Deshalb bezahle ich unnötig Geld für Tischtuchbeschwerer, Dekomagneten, Fußmatten und Müllbeutel. Ich habe schon alles. Was ich eigentlich haben wollte, waren Balkonkästen. Falls Sie also demnächst einen Fliesenkurs machen, bringen Sie mir doch bitte zwei Stück mit. Ich habe sie nicht gefunden.

Mit Dank grüßt
Dora Heldt

Irgendetwas Geblümtes

Waren Sie in diesem Jahr schon auf einer Mottoparty? Nein? Dann haben Sie Glück gehabt. Oder einen Bekanntenkreis, der keinen Wert auf Trends legt. Das ist bei mir leider anders. Mein Bekanntenkreis besteht aus lauter Trendsettern.

Und der neueste und leider sehr hartnäckige Trend lautet: Keine Feier ohne Motto. Egal, ob es sich um Geburtstags-, Hochzeits-, Sommer-, Betriebs- oder Nur-so-Feiern handelt, alle müssen einen Namen haben. Ob Bad Taste, Disney-, Hippie-, Halloween- oder Wiesnparty, es ist der letzte Schrei.

Auch ich bin schon im Biene-Maja-Kostüm auf eine Party gegangen, aber damals war ich acht Jahre alt und es handelte sich um die Faschingsfeier meiner Grundschule. Aber nun feiert meine erwachsene Freundin Nele Geburtstag und lädt uns zur Karibikparty ein. Karibik! Mein Liebster hat jetzt schon schlechte Laune. Ihm hängt immer noch die White Night von Axel und Anna nach. Wie in der Einladung gefordert, tauchten wir beide ganz in Weiß auf, mein Liebster hatte Atemnot, weil die alte weiße Jeans obenrum zu eng geworden war, und ich musste nach zehn Minuten schon den ersten Rotweinfleck aus meinem Rock waschen. Die weiße Mousse, die mein Liebster gemacht hatte, kam nicht auf den Tisch, weil die Schüssel blau war. Und seine Mutter bekam leuchtende Augen und alberne Ideen, als sie die Fotos von uns sah.

Und nun Neles Karibik. Auf der Einladung steht unter Garderobe: »Irgendetwas Geblümtes.« Wie finden Sie das? In meinem Schrank hängt nichts Geblümtes, bis auf eine ausgeleierte Schlafanzughose, die ich vielleicht dem Mann an meiner Seite leihen könnte. Allerdings befürchte ich, dass er sich weigert, damit zu Nele zu gehen. Ich könnte uns beiden auch Blumenkränze aufsetzen. Dann darf es nur nicht regnen. Oder wir sagen mit blumigen Worten ab und laden Nele später in zivilisierter Kleidung zum Essen ein.

Mit unverblümten Grüßen
Ihre Dora Heldt

Pizza statt Grillen?

Es gibt viele Zeichen dafür, dass dieser Sommer sich dem Ende zuneigt. Eines davon ist das erhöhte Aufkommen von Pizzadienstautos in unserer Straße. Haben wir erst gestern die Balkontür geschlossen, weil der Nachbar unter uns schon wieder seinen Grill angeworfen hat, so schrecken wir jetzt hoch, weil der hurtige Pizzadienstfahrer eine Vollbremsung vor dem Haus hinlegt. Die Abende werden wieder kühler und dunkler, keiner muss mehr raus, alle rollen sich in Jogginghosen auf dem Sofa zusammen und bestellen sich Familienpizzen mit doppelt Käse und einem Kaltgetränk ihrer Wahl.

Herrlich. Kein Stress mehr, weil man sich zum Sonnenuntergang verabredet hat, keine langen Schlangen vor der Grillkohle und den Nackensteaks im Supermarkt, kein Salatwaschen, kein Saucensortieren, kein Tischdecken. Einfach zum Hörer greifen, Pizza bestellen, fertig. Man muss sich weder umziehen noch schminken und kämmen, wir stehen erst vom Sofa auf, wenn es klingelt, und zwar so, wie wir gerade sind. Und dann geht man mit dem Pappkarton zurück aufs Sofa und isst die Pizza mit den Fingern. Beim Fernsehgucken.

Mein Liebster lehnt das allerdings rigoros ab. Er findet diese Art der Ernährung asozial und stillos. Entweder geht er mit Begleitung ins Restaurant und hat einen schönen Abend oder er kocht selbst. Pizzadienste hält er für total überflüssig.

Ich sehe das anders. Nele zum Beispiel hat sich mal in einen Pizzabringer verliebt. Direkt im Hausflur, so wie sie war. Es hielt zwar nicht lange, weil er so viel arbeiten musste, aber es soll sehr schön gewesen sein. Und meine liebste Geschichte ist die von meiner Schwester, die mit einer Freundin einmal vergeblich auf ein Taxi wartete. Es regnete, kein Taxi kam und zum Laufen war es zu weit. Zufällig entdeckten sie einen Pizzadienstladen, auf dessen Scheibe die Telefonnummer stand. Also riefen sie an, bestellten eine Pizza Margherita zu ihrer Hausadresse und sagten, dass der Fahrer sie auch gleich mitnehmen könne. Und ob er die Pizza schneiden würde, sie wollten sie im Auto essen. Hat geklappt. Und was ist daran bitte asozial und stillos?

*Mit der Hand bereits am Telefonhörer grüßt
Ihre Dora Heldt*

Kein Grund, sich aufzuregen

Gehören Sie auch zu den Menschen, die sich sofort ärgern, weil mal wieder irgendetwas schiefgeht? Weil die Bahn Verspätung hat, der Stau, in dem man gerade steht, nicht im Radio angesagt wurde, die Kassiererin in dem Moment die Papierrolle wechseln muss, in dem man endlich, nach zehn Minuten Schlangestehen, an der Reihe gewesen wäre, oder in der Postfiliale das Schild »Schalter nicht besetzt« genau vor Ihnen auf den Tisch geknallt wird?

Gehören Sie dazu? Nein? Ich schon. Ich kann es nicht leiden, Zeit zu verplempern oder mir meine Planung durcheinanderwürfeln zu lassen. Ich gehöre zu den Autofahrern, die ungeduldig mit den Fingern aufs Lenkrad trommeln, an der Supermarktkasse für alle sichtbar mit den Augen rollen oder schon mal demonstrativ auf die Uhr tippen. Ich werde sauer, wenn sich alles gegen mich verschwört, nehme jede Störung und Verzögerung persönlich und bekomme schlechte Laune. Seit Jahren versuche ich, mir ein gewisses Maß an Lässigkeit und Toleranz anzueignen. Aber dafür braucht man eine andere Haltung. Nur, ich wusste bislang nicht, welche.

Bis es dann geschah. Ich war auf dem Weg zur Insel Föhr. Wieder einmal mit Zeitdruck, wieder einmal mit Verkehrsstaus, langer Schlange an der Tankstellenkasse, was soll ich sagen, ich war im Stress. Mit hängender Zunge erwischte ich im letzten Moment die Mittagsfähre, sah weder nach links noch nach rechts, ließ mich gehetzt auf einen Sitz fallen und hörte die Durchsage des Kapitäns: »Liebe Gäste, Sie werden es bereits gemerkt haben, wir haben extremes Niedrigwasser. Eine Fähre braucht Wasser, wir müssen also warten, bis es aufläuft. Es nützt nichts, sich aufzuregen, die Flut kommt auch dann erst in einer Stunde. Einen schönen Aufenthalt wünscht Ihr Kapitän.«

Kann man das besser ausdrücken? Es nützt nichts, sich aufzuregen. So kommt die Flut nicht früher, so fährt die Bahn nicht schneller, so wird die Baustelle nicht fertig und auch eine Kassenrolle wird durch Aufregung nicht länger. Ist das nicht großartig? Wenn man das kapiert hat. Nach einer Stunde legte die Fähre ganz in Ruhe ab. Umgeben von kleinen, schönen Wellen. Und ich musste gar nichts dafür machen. Das Leben kann so einfach sein.

Mit dankbaren Grüßen an den Kapitän
Ihre stressfreie Dora Heldt

Ich sag ja gar nichts

Ich gebe zu, dass mich manche Verhaltensweisen meiner Mitmenschen zur Weißglut treiben. In solchen Momenten bemühe ich mich, ruhig und freundlich zu bleiben und nur vielleicht mit einem kleinen Hinweis oder einem vielsagenden Gesichtsausdruck meine Meinung kundzutun.

Jetzt habe ich aber kürzlich ein Erlebnis gehabt, das mich in meinen Grundfesten erschüttert hat. Nur weil ich meine Schritte beschleunigt habe, um einer Frau hinterherzurufen, dass ihr Hund auf dem Weg etwas Fieses hinterlassen hat und sie doch bitte ihren Hundebeutel benutzen soll, hat die sich umgedreht und mich regelrecht angepöbelt. Ob ich die Sittenpolizei sei, hat sie gebrüllt, und was mir überhaupt einfalle. Ich habe so getan, als würde ich sie nicht verstehen, und bin weitergegangen.

Auf dem Heimweg folgte mir dann ein silberner BMW in einem so knappen Abstand, dass ich bei jeder roten Ampel auf einen Knall wartete. Bei der dritten Ampel habe ich mich kopfschüttelnd nach ihm umgedreht. Die Folge war, dass er mich rechts überholte und durch die offene Scheibe mit verzerrtem Gesicht brüllte, dass ich lieber schneller fahren als ihn verkehrstechnisch erziehen solle. Dieser Idiot, dachte ich und nahm mir vor, nichts, aber auch gar nichts mehr zu sagen und nur noch teilnahmslos zu gucken. Sollen doch alle machen, was sie wollen, ich jedenfalls lasse mich nicht mehr anschreien.

Gestern musste ich in den Supermarkt. Die Schlange vor der Kasse war lang. Ich war die Dritte in der Reihe, vor mir wartete ein alter Herr, davor ein Ehepaar. Das Ehepaar fing an zu streiten, erst leise, dann lauter. Er hatte etwas vergessen, was sie aufgeschrieben hatte, jetzt fehlte es im Einkaufswagen. Das komme davon, dass er nie zuhöre und sowieso keine Lust habe, einkaufen zu gehen, worauf er konterte, sie würde schon wieder keifen und ohnehin viel zu teuer einkaufen, dieser Laden sei sowieso das Letzte und überhaupt.

Alle mussten mithören, keiner wollte das. Da ich ja meine Vorsätze hatte, sah ich peinlich berührt, aber schweigend zur Seite. Nur der alte Mann vor mir lächelte, stupste kurz seinen Einkaufswagen an den des Paares und sagte mit lauter, aber freundlicher Stimme: »Hey, hey, hey. Es ist gut.«

Sofort war Ruhe. Keine Pöbeleien, keine Szenen, nichts. Entspannte Gesichter hinter mir und zwei betretene vor ihm. Ich habe mich leise bei dem Mann bedankt und mir vorgenommen, diesen Tonfall jetzt vor dem Spiegel zu üben.

Also, falls wir uns irgendwann einmal treffen sollten

und ich Sie mit einem fröhlichen »Hey« auf ein Fehlverhalten aufmerksam mache, dann schreien Sie mich bitte nicht gleich an. Denn ich habe es nur gut gemeint.

Mit freundlichen Grüßen
Ihre Dora Heldt

Sammelleidenschaft

Vor vielen, vielen Jahren kam meine Großmutter auf die Idee, für mich ein Porzellanservice zu sammeln. So hätte ich schon etwas für den ersten eigenen Haushalt, meinte sie. Ich durfte es mir selbst aussuchen, deshalb war es geblümt und Pastellfarben. Ich war vierzehn. Zu jedem Geburtstag, zu Weihnachten, zu jedem Zeugnis, ab da gab es immer Geschirr. Kleine Tassen, Untertassen, Kuchenteller. Meine Oma geriet in einen regelrechten Rausch, sobald sie diese Serie irgendwo sah, kaufte sie ein geblümtes Teil, falls es preisreduziert war, auch zwei. Als ich auszog, besaß ich ein Kaffeeservice für zwölf Personen. Darum sagte ich ihr deutlich, dass ich genug hätte und sie ihr Geld für andere Dinge ausgeben solle. Sie nickte und machte weiter, zum Geburtstag kamen die dazugehörigen Kuchenplatten und danach die Serviettenringe, Kerzenständer, Zuckertopf und Sahnekännchen. Mein Schrank wurde immer voller, mittlerweile konnte ich zwanzig Gäste zum Kaffeetrinken einladen. Und sah nur noch Pastellblumen.

Irgendwann hörte es dann doch auf, ich hatte alles, meine Oma sah es ein. Bis zu dem Tag, viele Jahre später, meine Oma war längst gestorben, an dem meine Mutter in einem Porzellangeschäft hörte, dass meine Serie eingestellt werden sollte. In aufkommender Panik kaufte sie schnell den Rest des Ladenbestandes, nur zur Sicherheit. Falls etwas kaputtgehen sollte: Dann bekäme ich ja nichts mehr nach.

Trotz einer Scheidung und der folgenden Aufteilung, trotz Einladungen zu mehreren Polterabenden, einiger unvorsichtiger Gäste und mehrerer Umzüge kann ich immer noch dreißig Personen mit geblümtem Geschirr bewirten. Nun hat sich meine Freundin Nele eine kleine Ferienwohnung gekauft, die sie gerade einrichtet. Erleichtert habe ich ihr am Telefon gesagt, dass sie gerne Geschirr von mir haben könne, unentgeltlich natürlich und ich könne es ihr auch bringen. Sie hat gesagt, das könne sie nicht annehmen, es sei doch von meiner Oma. Und es wäre so hübsch. Sie hätte sich jetzt eines gekauft. Zweite Wahl, ganz schlicht in Weiß und ganz günstig. Dann legte sie auf. Ich werde sie nun fragen, ob sie mit mir tauscht. Vielleicht nicht alles, nur so für sechs Personen. Als Anfang.

Mit Sehnsucht nach weißen Tassen und meiner Oma grüßt
Ihre Dora Heldt

Schlank im Schlaf

Das Schlimmste am Winter ist für mich das fehlende Licht. Sobald es dunkel wird, werde ich müde. Das geht mir übrigens auch im Kino so. Nur dass der Film nach neunzig Minuten zu Ende ist, während der Winter bis März dauert. Da ich nicht immer bei einsetzender Dunkelheit die Augen zumachen kann, habe ich bis März ein Problem. Eigentlich bräuchte ich jetzt fünfzehn Stunden Schlaf, ich bekomme aber weitaus weniger. Ich bin also Kurzschläfer. Der Rest ist Wachhalten. Und das ist wahnsinnig anstrengend.

Neulich habe ich in einer Untersuchung gelesen, dass Kurzschläfer weniger Fett verbrennen als Langschläfer. Weil die gemeine Fettzelle Ruhe braucht, um zu funktionieren. Das heißt, obwohl ich alle möglichen Energien aufwende, um wach durch den Winter zu kommen, nehme ich zu. Das ist doch unfassbar! Es hat also nichts mit den zahlreichen Weihnachtsfeiern, den Baumkuchenspitzen oder den Keksen zu tun, dass meine Jeans kneift, es ist der Schlafmangel. Und den habe ich bis zum Frühjahr. Jeden Tag ein paar Stunden zu wenig. Und ein paar Gramm mehr.

Um eine Lösung für mein Problem zu finden, recherchiere ich weiter. Berliner Wissenschaftler haben kleine Funkchips an Bienen angebracht und herausgefunden, dass die Bienen vergesslich werden, wenn sie zu wenig schlafen. Man hat den Tieren den Weg von einer neuen Futterquelle zu ihrem Bienenstock beigebracht, sie danach am Schlafen gehindert und dann gemerkt, dass weniger als die Hälfte der müden Bienen den Weg am nächsten Tag wiederfanden. Und wenn, dann brauchten sie die doppelte Zeit. Meine erste Reaktion war Erleichterung. Nun denn, wenn das bedeutet, dass ich in meiner müden Phase meine Futterquellen vergesse, dann nehme ich wenigstens nicht zu. Problematisch wird es nur, wenn ich von der Futterquelle nicht mehr nach Hause finde. Dann stehe ich im Dunkeln in der Kälte und weiß nicht weiter. Und werde dabei dicker und dicker.

Die ganzen Recherchen haben mir aber immerhin eines klargemacht: Ich muss mich damit abfinden, dass mich der Winter vergesslich, dick und müde macht. Darum kann ich nun mit gutem Gewissen zum Kakao ein Stück Torte bestellen. Dass ich mein Badezimmer heute putzen wollte, vergesse ich sowieso. Dafür lege ich mich lieber nachher noch ein Stündchen auf die Couch. Wegen der Fettzellen. Damit sie wenigstens ein bisschen arbeiten können.

*Mit unterdrücktem Gähnen und kleinen Augen grüßt
Ihre Dora Heldt*

Alle gegen mich?

Es gibt Tage, an denen ich zutiefst davon überzeugt bin, dass die ganze Welt gegen mich ist. Und mich jeder belügt, warum auch immer.

Wollen Sie ein Beispiel hören? Bitte: Ich wollte an einem Tag der letzten Woche ganz viel erledigen. Morgens auf dem Weg zum Recyclinghof, den ganzen Kofferraum voll Altpapier, höre ich im Radio die Meldung, dass auf der Strecke ein kleiner Stau von einem Kilometer ist. Ein Kilometer muss nicht umfahren werden, denke ich, und bleibe auf der Autobahn. Kurz nach der letzten möglichen Abfahrt kommt eine neue Meldung, der Stau hat jetzt eine Länge von sechs Kilometern, weil die Autobahn gesperrt ist. Es hat eine Stunde gedauert. Am Recyclinghof werde ich mein Altpapier nicht los, weil wegen einer Betriebsversammlung gesperrt ist, obwohl meine Schwester mir heute Morgen gesagt hat, dass der Hof den ganzen Tag geöffnet habe und ich auch ihr Altpapier mitnehmen könne. Mit vollem Kofferraum fahre ich zurück, halte an einem großen Büromarkt, um eine Druckerpatrone zu kaufen. Ich habe extra die alte Verpackung mitgenommen, der nette junge Mann guckt kurz und verkauft mir eine andere, die viel günstiger und genauso gut ist. Ich bedanke mich und fahre weiter zum Technik-Haus. Mein Wecker ist kaputt und ich brauche einen neuen. Da die Zeit knapp wird, greife ich einen aus dem Regal, frage an der Kasse, ob ich noch Batterien brauche, der Verkäufer schüttelt den Kopf, ich zahle und eile weiter. Im nächsten Laden suche ich Strumpfhosen, finde meine gewohnte Marke nicht, aber eine andere, frage, ob ich die eine Nummer größer haben könne, bekomme die Antwort: »Die fallen groß aus, die passt«, bezahle und gehe. Danach kommt der Gang in die Parfümerie, ich brauche schwarze Mascara, es ist voll, ich lasse sie mir von der Mitarbeiterin raussuchen, lehne eine Tüte ab und muss mich beeilen, weil ich noch einen Friseurtermin habe. Dort sage ich: »Wie immer, gleicher Schnitt, gleiche Farbe.«

So. Und jetzt kommt es: Die Druckerpatrone passt nicht, der Wecker hatte natürlich keine Batterien, die Strumpfhose bleibt am Oberschenkel hängen, die Mascara ist dunkelbraun statt schwarz, dafür gehe ich ab heute als Blondine durch. Aber was soll ich mich aufregen? Ab morgen glaube ich gar nichts mehr. Und tausche alles um.

Mit verletzten Grüßen und
ganz viel Altpapier im Kofferraum grüßt
Ihre Dora Heldt

Tannenbäume auf der Autobahn

Ich bin in den letzten Wochen viel unterwegs gewesen. Fast immer mit dem Auto und fast immer auf der Autobahn. Eigentlich fahre ich gern, zumal eine Freundin von mir im Radio die Nachrichten und den Verkehrsfunk vorliest. Es ist schön, ihre Stimme zu hören, gerade wenn man allein im Wagen sitzt und allmählich anfängt, sich zu langweilen. Und man will ja auch informiert sein, egal ob es um die Welt oder die Verkehrslage geht.

Nur: Wenn man unter Termindruck von A nach B muss und dieses Vorhaben von hunderttausend anderen begleitet wird, von denen ein Großteil nicht Auto fahren kann, wird man erst nervös und schließlich schlecht gelaunt. Und wenn mich dann auch noch meine Freundin darüber in Kenntnis setzt, dass es auf dem vor mir liegenden Autobahnabschnitt zu Verkehrsbehinderungen wegen eines Spanngurts kommt, dass in zehn Kilometern ein liegen gebliebener Lastwagen die Straße blockiert und ein Stück weiter Personen auf der Fahrbahn sind, frage ich mich, was um alles in der Welt in den Verkehrsleitzentralen los ist. Was haben Mauerkübel auf bundesdeutschen Autobahnen zu suchen, warum verliert jemand eine Matratze oder Reifen und merkt es nicht? Und kann mir jemand erklären, warum Autos am liebsten in Baustellenbereichen liegen bleiben? Warum ständig Tiere frei herumlaufen und was das für welche sind? Es waren auch Fahrräder dabei, und kurz hinter dem Bremer Kreuz lag dann noch ein Sofa. Es ist doch nicht normal, dass man mit dem Auto Dinge transportiert, die man unterwegs dann einfach so verliert. Wieso geht man denn so schlecht mit seinem Eigentum um?

Ich habe meiner Freundin aus dem Stau eine SMS geschrieben und sie gebeten, einen Radioaufruf zu machen, damit sich endlich jemand aufmacht, die Autobahn aufzuräumen. Die meisten der Dinge kann man nämlich noch gebrauchen. Sie muss ja nicht alles aufzählen, es sei denn, sie wäre der Meinung, dass plötzlich ein Fahrer denkt: »Oh, das wird wohl mein Sofa sein, egal, das nehme ich dann auf dem Rückweg wieder mit.« Sie hat mir zurückgeschrieben, ich solle mich nicht aufregen, der Stau wegen der Personen auf der Fahrbahn hätte sich schon aufgelöst. Auf meiner Strecke kämen jetzt nur ein Kantholz und zwei Tannenbäume. Der eine liege im Übrigen kurz vor meiner Abfahrt, den könne ich doch einladen, dann wäre der schon mal weg.

Ich habe nicht geantwortet. Was soll ich jetzt schon mit einem Tannenbaum? Aber irgendwann werde ich sie schon noch fragen, ob sie eigentlich weiß, wie lang so ein Kantholz ist und wozu man das gebrauchen kann. Ja, das mache ich noch. Ah, und falls Sie einen Spanngurt brauchen: Halten Sie einfach mal die Augen auf.

Mit Grüßen aus einer Tagesbaustelle
Ihre Dora Heldt

Top-Figur im Daunenmantel

Meine Freundin Nele hat mir vor Monaten Fotos mitgebracht, die im letzten Winter bei einem eiskalten Spaziergang an der Elbe entstanden sind.

Auf einem Bild stand ich am Ufer und schaute in die Weite der Landschaft. Wenn ich gewusst hätte, wie ich dabei aussah, hätte ich Neles Kamera sofort konfisziert. Notfalls mit Gewalt. Denn ich trug einen Steppmantel, der, gelinde gesagt, etwas aufträgt. Im Klartext: Ich sah aus, als stecke ich in einem Schlafsack. Von hinten gab es eine frappierende Ähnlichkeit mit einem Michelinmännchen, mit dem einzigen Unterschied, dass ich keinen Helm, sondern eine alberne Mütze trug. Ich habe kein Mützengesicht, auch nicht von der Seite. Das hatte ich in dieser Deutlichkeit aber noch nie gesehen.

Meine entsetzte Reaktion kommentierte Nele mit dem Satz, dass es an jenem Tag sehr kalt gewesen sei. Das erkläre auch das Tragen eines grünen Schals. Nur deswegen hätte ich diese komische Gesichtsfarbe, grün sei nicht gut für meinen Teint.

Zu Hause habe ich sofort den Steppmantel, die Mütze und den grünen Schal in den Altkleidersack gestopft. So kalt kann es gar nicht werden, schwor ich mir, dass man jegliche Hemmungen bei der Auswahl des Outfits verliert.

In diesem Winter werde ich nur noch meinen taillierten hellen Kurzmantel tragen, mit schmalem Seidentuch und ohne Mütze. Das ist auch beim Autofahren bequemer. Man sitzt nämlich wie auf einem Kissen, wenn man den Steppmantel vorher nicht auszieht, wofür das Wageninnere aber zu kalt ist. Darum schwitzt man in diesen Daunenmengen vor sich hin, kommt mit den dicken Ärmeln kaum an den Sicherheitsgurt und steigt mit platten Haaren und hochrotem Kopf am Ziel wieder aus. Die platten Haare kann man natürlich mit albernen Mützen kaschieren, dann gehört man aber auch noch zu den Frauen, die ihre Kopfbedeckungen in Lokalen nicht abnehmen.

Jetzt haben wir wieder Winter. Ich war dreimal erkältet und habe seit Wochen eine Ohrenentzündung. Am letzten Sonntag war der Himmel blau, die Eisschollen an der Elbe glitzerten und Nele und ich wollten spazieren gehen. Auf der Hälfte der Strecke habe ich meinen Liebsten angerufen. Er möge uns doch den weißen Sack mitbringen, der im Keller gleich rechts liege. Ich konnte kaum reden, weil meine Zähne so aufeinanderschlugen, aber er hat trotzdem alles verstanden.

Wenn Sie uns also entgegengekommen sind: Ich war die, die aussah, als stecke sie in einem Schlafsack. Und ich trug eine alberne Mütze. Nur der Schal war neu. Rot. Wegen des Teints.

Mit aufgewärmten Grüßen und hemmungslosem Outfit
Ihre Dora Heldt

Womit habe ich das verdient?

Sobald die ersten Weihnachtsartikel in den Geschäften auftauchen, beschleicht mich eine leise Furcht. Nicht vor dem Stress der Weihnachtseinkäufe, den Festtagsplanungen oder der bevorstehenden Dauerbeschallung durch grausame Popsongs wie ›Last Christmas‹, nein, ich bekomme Gänsehaut bei der Vorstellung, was in diesem Jahr wohl wieder auf mich zukommt. Geschenkemäßig.

Damit meine ich natürlich nicht die liebevoll ausgesuchten Dinge vom Liebsten oder von der Familie. Das wäre ja undankbar. Nein, ich meine damit die Kleinigkeiten, die ich geschenkt bekomme, weil jemand mich beim Weihnachtsshoppen vergessen hat, überraschend von mir zum Adventskaffee eingeladen wird oder einfach selbst ein unpassendes Geschenk bekommen hat, was dringend wegmuss. Aus welchen Gründen auch immer, jedes Jahr packe ich das eine oder andere Teil aus, bei dem ich mich frage, womit ich das verdient habe. Und was der oder diejenige eigentlich von mir denkt.

Man kann sich zwar nicht wirklich über eine pinkfarbene Spülbürste mit putzigen Händen und Füßen aufregen, aber wenn dieselbe auch noch in Neongrün folgt, frage ich mich schon, warum man meine Geschirrspülmaschine ignoriert. Und Badesalz mit Rosenblättern in verschnörkelten Glasgefäßen und schreiend bunte Badeöle machen keinen großen Sinn, wenn es in der ganzen Wohnung keine Badewanne gibt. Dennoch stehen sie auf der Skala der unnützen Geschenke ganz oben. Genauso wie Handwärmer für die Jackentasche, falls man jeden Morgen an einer arktischen Bushaltestelle eine Stunde warten muss. Nicht ganz so schlimm, aber äußerst beliebt sind Pulswärmer. Ich besitze inzwischen vierzehn Paar, in allen Farben, von Filz über Wolle zu Stoff. Damit könne ich langweilige schwarze Strickjacken aufpeppen, wurde mir gesagt. Das stimmt, aber jetzt habe ich definitiv genug – und möchte keine weiteren geschenkt bekommen. Genauso wenig brauche ich bunte Teelichter, weil meine die gesamte Wohnung für mehrere Wochen bei einem möglichen Stromausfall ausleuchten. Und wenn ich schon mal dabei bin: Ich habe auch genug Tassen, egal wie lustig die Bilder und Sprüche darauf sind. Ich trinke keinen Wintertee, auch nicht, wenn die praktischen Holzstäbchen mit Kandiszucker dabei sind. Mein iPhone braucht keine Filzhülle, ich habe genug Schlüsselanhänger und möchte auch weiterhin auf Stofftiere im Auto verzichten. Selbst gemachter Eierlikör ist zum Kuchenbacken zwar zu schade, aber anders werde ich ihn nicht los. Dasselbe gilt für Schnapspralinen.

Meine Theorie ist, dass im Moment schon ganze Heerscharen von Menschen unterwegs sind, um solche Dinge zu kaufen. Damit man mal was in Reserve hat. Weil die Weihnachtszeit immer so hektisch ist.

Ich werde diese Reservegeschenke wieder nicht verhindern können, da bin ich mir sicher. Aber vielleicht verschenke ich sie dieses Jahr einfach weiter. Ohne jegliche Skrupel. Das wollen wir doch mal sehen.

Entschlossene Grüße
Dora Heldt

Weihnachten wie früher

Meine Schwester hat den Vorschlag gemacht, dass wir dieses Jahr Weihnachten genauso wie früher feiern sollten, mit Tannenbaum schmücken und allem Drum und Dran. So als wären wir noch Kinder, das wäre doch sicher schön, sehr gemütlich und lustig. Es sollte das gleiche Essen geben, alle würden zusammenkommen.

Ich habe sie lange angesehen und an früher gedacht. Zwei Tage vor Heiligabend wurde in der guten Stube der Tannenbaum geschmückt und anschließend die Tür verschlossen. Es gab also zwei Tage kein Fernsehen, wir verbrachten die Zeit in der Küche oder in den Kinderzimmern und wurden immer aufgeregter. Einen Tag vorher wurden in Ermangelung von Weihnachtsgeschenken die letzten hektischen Bastel- oder Malarbeiten absolviert, meine Mutter stand ununterbrochen in der Küche, briet Puter, kochte das Fleisch für die Königspasteten am ersten Weihnachtstag, fabrizierte Stollen und Torten und war irgendwann fix und fertig. Heiligabend mussten wir mittags vorschlafen, weil wir abends länger aufbleiben durften, anschließend machte sich die ganze Familie auf, um bei einem ausgedehnten Spaziergang die Küchengerüche aus der Nase zu kriegen. Egal, was für Wetterverhältnisse draußen herrschten. Anschließend gab es Kartoffelsalat mit Würstchen, danach zogen wir unsere schönsten Sachen an und warteten vor der Wohnzimmertür, bis mein Vater mit einer Messingglocke läutete. Nach zehn Minuten andächtiger Weihnachtsbaumbesichtigung und zwei gefiepten Liedern auf der Blockflöte wurden die Geschenke ausgepackt, danach gab es Puter mit Rotkohl und Klößen. Es folgte der Abwasch, meine Schwester und ich mussten abtrocknen, sollten vorsichtig mit dem guten Geschirr sein, anschließend kam die Eistorte und weil Weihnachten war auch verbotene Getränke wie Coca Cola auf den Tisch. Spätestens an dieser Stelle wurde meinem Bruder übel; meine Schwester hielt durch, bis sie das erste Marzipanbrot vom bunten Teller gegessen hatte. Und alles das jetzt wieder. Ich sehe meine Schwester schon mit verschwitzten Haaren in der Küche stehen, habe ihr angeboten, bei mir Fernsehen zu gucken, erinnere sie an die Vegetarier in der Familie, bin auf den Tannenbaum gespannt und hoffe, dass meinem Bruder nicht wieder so schnell übel wird. Ich stelle nur eine einzige Bedingung: Die Blockflöte bleibt im Keller.

*In vorfreudiger Erwartung,
beim Aufbügeln eines roten Samtkleides und mit eingepackten,
selbst gebastelten Geschenken, grüßt
Ihre Dora Heldt*

Glücksbringer

Es ist nicht so, dass ich abergläubisch bin. Ganz bestimmt nicht. Also zumindest nicht im normalen Leben. Die einzige Ausnahme ist vielleicht Silvester. Da bin ich schon der Meinung, dass man auf bestimmte Dinge achten sollte. Es gibt nämlich Bräuche und Riten, die befolgt werden müssen, um einem Glück für das neue Jahr zu garantieren.

Sie brauchen ein Beispiel? Gern. Vor ein paar Jahren hat mir Freundin Nele zu Weihnachten rote Unterwäsche geschenkt. Für Silvester. Brasilianische, italienische und chilenische Frauen tragen die nämlich in der Silvesternacht und hoffen so auf Liebesglück im neuen Jahr. Ich habe sie also angezogen – und im Juni meinen Liebsten getroffen. Hat also geklappt.

Chinesinnen werfen übrigens aus demselben Grund Mandarinen ins Meer, falls Ihnen das mit der roten Wäsche nicht gefällt. Aber ich trage jetzt immer rot. Falls Sie sich allerdings Geld oder einen tollen Job wünschen, dann essen Sie Linsen. Als Suppe, als Gemüse, als Salat, ganz egal, Hauptsache Linsen. Das machen die Amerikaner so am letzten Tag des Jahres – und meine Freundin

Anna bekam im letzten Jahr nach der Linsensuppe ihren Traumjob.

Aus Spanien kommt der Brauch, um Mitternacht bei jedem Glockenschlag eine Weintraube zu essen und sich dabei etwas zu wünschen. Axel, der Mann von Anna, hat das mit Bravour gemeistert und sich einen Induktionsherd gewünscht. Und was soll ich sagen? Er hat ihn beim Preisausschreiben eines Möbelhauses gewonnen. Wegen der Weintrauben, garantiert!

In meinem Freundeskreis haben wir vor langer Zeit den schönen Brauch eingeführt, dass jeder zwei Raketen bekommt. An die eine wird ein Zettel geklebt, auf dem alles notiert ist, was im letzten Jahr nicht schön war und deshalb abgeschafft gehört. An die zweite Rakete kommt ein Zettel mit den Wünschen fürs neue Jahr. Zuerst wird das Schlechte in den Himmel geschossen, anschließend folgen die schönen Dinge. Ich bin der festen Überzeugung, dass viele von den wunderbaren Ereignissen der letzten Jahre auf einem unserer Zettel gestanden haben.

Der einzige Nachteil, den all diese Rituale mit sich bringen, ist die Tatsache, dass es relativ kompliziert ist, eine Einladung zu einer Silvesterparty anzunehmen. Im letzten Jahr wurden Nele und ich etwas schief angesehen, als wir unsere Tupperdosen mit Linsen und Weintrauben, unsere Notizzettel, die Stifte, den Draht und die Raketen auspackten. Vorsichtshalber hatte Nele auch noch einen Beutel Mandarinen mit, denn sie wollte ganz sichergehen.

Um Mitternacht waren die Weintrauben dann jedoch verschwunden, was uns völlig aus der Bahn warf. Irgendjemand hatte sie schon vorher gegessen. Und Nele ist immer noch Single, weil ihre rote Unterwäsche blaue Träger hatte und wir die Mandarinen nicht ins Meer werfen konnten. Dieses Jahr gehen wir deshalb kein Risiko ein. Wir feiern bei mir und gehen um Mitternacht, Weintrauben essend, mit Mandarinen und beschrifteten Raketen an die Alster. Das wäre doch gelacht, wenn das nächste nicht unser Jahr würde. In diesem Sinne, rutschen Sie gut hinein, Sie wissen ja jetzt, was zu tun ist.

Mit zuversichtlichen Grüßen
Ihre Dora Heldt

Mann nimmt ab

Es ist wieder so weit. Im neuen Jahr wird Bilanz gezogen und jede Figurveränderung unter die Lupe genommen, kritisch und ohne Erbarmen. Wer von Menschen umgeben ist, die bereits in die strenge Diätphase eingestiegen sind, wird mir zustimmen: Diese Zeit ist nicht lustig. Und zudem anstrengend. Wobei es ein großer Unterschied ist, wer abnehmen will, Mann oder Frau.

Wir Frauen reden nicht darüber. Wir setzen uns ein Ziel, suchen die richtige Methode und fangen einfach an. Wir vermeiden Termine, bei denen gegessen oder getrunken werden muss, weil wir keine Lust haben, anderen den Abend zu verderben. Wenn es nicht anders geht, bestellen wir uns einen winzigen Salat, ohne Dressing, nur Essig, wenig Öl, dazu einen Kaffee, schwarz, und tun so, als wäre es das Beste, was wir jemals bei diesem Italiener bekommen hätten. Und erst, wenn wir das Ziel erreicht haben, geben wir zu, dass es doch mal wieder Zeit für eine Diät gewesen ist. Aber nie vorher.

Männer hingegen sind da ganz anders. Männer brauchen ein Publikum. Bei der Wahl der Diät gibt es nur *eine* richtige Methode, nämlich die, die gerade im Trend ist.

Nach wenigen Tagen müssen wir uns begeisterte Vorträge über Low-Carb, Low-Fat, schlechte Kohlenhydrate, neutrale Nahrungsmittel, Weißmehl oder Fruchtzucker anhören, Männer haben schnell das ganze Fachvokabular drauf und erklären es jedem, der in der Nähe ist, egal, ob es ihn oder sie interessiert. Viele Männer kochen darum auch lieber selbst, es könnte ja sein, dass die unwissende Liebste doch böse Butter auf den neutralen Brokkoli kippt und somit alles zerstört. Gejoggt wird mindestens viermal die Woche, schließlich geht es hier nicht nur um ein paar Kilos, hier geht es um Sieg oder Niederlage. Gegen den Bauch, gegen die Schwerkraft, gegen die anderen. Jedes verlorene Gramm wird triumphierend verkündet, jeder Fortschritt demonstriert, der sackartige Winterpullover zügig durch das taillierte Hemd ersetzt.

Ich frage mich, ob sie wirklich mehr Erfolg haben als wir. Einen leisen Zweifel habe ich. Nur weil sie die Welt an ihrer Diät teilhaben lassen, wird der Hunger ja nicht kleiner.

Ab nächster Woche lasse ich dann vielleicht mal ein paar Dinge weg. Das sage ich aber keinem. Und trage so lange den sackartigen Winterpullover meines Liebsten. Bis er was merkt. Oder ihn zurückhaben will.

Mit besten Grüßen
Ihre Dora Heldt

Ein ganz neues Jahr

Jetzt haben wir es geschafft. Die Weihnachtskugeln, Girlanden, goldenen Schleifen und Kerzenhalter sind wieder im Keller, die letzten Tannennadeln im Staubsauger, der Bratentopf ganz hinten im Schrank und die Geschenke in der Wohnung verteilt, falls man sie nicht aufessen oder eincremen konnte. Der Abreißkalender ist noch ganz dick, man hat alle Familienmitglieder gesehen, gesprochen oder mit Karten beglückt.

Und darum können wir uns einen Moment zurücklehnen und die Augen schließen. Januar. Der Anfang vom neuen Jahr. Wir haben jetzt jede Menge Zeit, Dinge zu erledigen, die wir schon lange machen wollten. Den Schreibtisch aufräumen, den Kleiderschrank ausmisten, Sport treiben, alte Kontakte pflegen, öfter ins Theater gehen, mehr Bücher lesen, weniger Alkohol trinken, die Bügelwäsche nicht mehr ansammeln, die Küche streichen, die Versicherungsunterlagen ordentlich abheften, früher ins Bett gehen und das Auto von innen reinigen.

Je länger man die Augen schließt, desto mehr Dinge fallen einem ein. Und dann guckt man in den neuen Kalender. Lauter leere Seiten und ganz viel Platz für Ereignisse, die erst noch passieren werden. Und ich muss mich nicht beeilen, weil ich ja nun jede Menge Zeit habe. Ich kann auch erst im Februar zum Sport oder im März ins Theater oder ab April jeden Tag früh ins Bett gehen. Mich hetzt ja keiner. Alle diese Dinge werde ich bestimmt dieses Jahr machen. Irgendwann. Noch in diesem Jahr. Da bin ich mir sicher. Und weil es erst angefangen hat und noch so viele Monate, Wochen und Tage kommen, kann ich ganz entspannt noch einen Moment mit geschlossenen Augen vor mich hin denken. Und mir vorstellen, welche schönen Ereignisse, von denen ich noch gar nichts ahne, an welcher Stelle in diesem neuen Kalender erwähnt werden. Das sind doch gute Aussichten. Dann wünsche ich uns mal, dass es ganz viele schöne Termine in diesem Kalender geben wird und wir zu keinem Zeitpunkt in Hektik verfallen.

Ein fabelhaftes Jahr wünscht Ihnen
Ihre Dora Heldt

›Wind aus West mit starken Böen‹

Freuen Sie sich auf Dora Heldts neuen Roman!*

*Erscheint im Oktober 2014 im dtv.

»Guten Tag. Was kann ich für Sie tun?«

Hinter dem Tresen stand ein Mann in ihrem Alter. Katharina fischte die kaputte Sonnenbrille aus der Tasche und schob die Einzelteile über den Tisch.

»Meine Sonnenbrille hat sich aufgelöst. Kann man die noch retten?«

Der Optiker warf einen kurzen Blick auf den Bügel. Bedauernd schüttelte er dann den Kopf. »Da kann ich nichts mehr machen. Tut mir leid.« Er sah sie kurz an. »Soll ich Ihnen unsere neuen Modelle zeigen?«

Die leicht gebückte Haltung, die hohe Stirn, die sonore Stimme: Irgendwie kam er Katharina bekannt vor, sie wusste nur nicht woher.

»Ja, es war meine einzige.«

Er führte sie zu einem Drehständer und sah zu, wie sie die Gestelle prüfend musterte, bis er plötzlich fragte: »Kann es sein, dass wir uns kennen?«

In diesem Moment fiel es Katharina wieder ein. »Axel Thiemann! Du hattest Leistungskurs Physik. Du hast mir mal ein Referat geschrieben.«

»Ein Referat …?« Unsicher hielt er ihrem Blick stand.

»Katharina Johannsen. Wir hatten zusammen Deutsch Leistungskurs. Bei Dr. Martha.«

»Mensch, ja!« Er schlug sich an die Stirn. »Das gibt es ja gar nicht, klar, Katharina! Du siehst so ganz anders aus als damals. Und du hast mich sofort erkannt, toll!«

»Na ja, du arbeitest im Laden deiner Eltern.«

Katharina biss sich auf die Lippe. Sie hatte ihn nur erkannt, weil er genauso aussah wie sein Vater. Aber das musste sie ihm ja nicht unbedingt sagen.

»Bist du noch in Kiel? Warst du nicht in einem Hotel?«

Jetzt war Katharina überrascht. Sie konnte sich an den jungen Axel kaum erinnern. Er war einer der unauffälligen Jungen gewesen, klein, pummelig, unsportlich, aber gut in der Schule und hilfsbereit. Sie hatte nie viel mit ihm zu tun gehabt, deswegen wunderte es sie, dass er von ihrer Hotellehre wusste. Anscheinend ahnte er ihre Gedanken.

»Du warst doch mit Hannes zusammen in Kiel. Das hat er mir bei irgendeinem Abi-Treffen mal erzählt. Ich habe meine Lehre auch in Kiel gemacht. Bei Optik Rose. War toll.«

Katharina starrte auf seinen Hals. Er war schlecht rasiert. Und wieso fing er jetzt an, über Hannes zu reden? Das war alles in der Steinzeit passiert. Und ging ihn nichts an.

»Wieso warst du eigentlich nicht bei den Klassentreffen? Die waren toll, du, wie früher. Und es waren fast alle da. Hannes auch. Den habe ich in den letzten Jahren öfters mal in Kiel getroffen, meine Tochter arbeitet jetzt da.«

Hatte er früher auch dauernd »toll« gesagt? Katharina ließ Axels Ausführungen stumm über sich ergehen, bis er Luft holen musste. Rasch legte sie ihm eine Hand auf den Arm.

»Du, ich muss leider weiter. Hat mich gefreut, bis bald.«

Als die Tür hinter ihr zuschlug, hörte sie ihn rufen: »Aber Katharina, was ist mit der Sonnenbrille?«

Hannes. Katharina hatte sich in einen Strandkorb auf der Promenade gesetzt und starrte aufs Meer. Seit Jahren hatte sie kaum noch an ihn gedacht, und kaum war sie auf Sylt, lief sie einem Optiker in die Falle, der alles wieder an die Oberfläche holte. Mittlerweile war Katharina eingefallen, dass Axel damals schon Brillengläser hatte so dick wie Glasbausteine, und das, obwohl sein Vater Optiker war. Deshalb musste er auch immer vorne sitzen und war vom Sport befreit. Der kleine Pummel. Solveig und sie hatten sich von ihm in Mathe oder Physik helfen lassen, anfreunden wollten sie sich mit ihm aber nicht. Sie waren beide selbst Außenseiter, sie brauchten keinen dritten.

Hannes hingegen war der Mittelpunkt gewesen, um ihn und seine Clique hatte sich alles gedreht. Er spielte Handball, trug die richtigen Klamotten und den richtigen Haarschnitt, hörte die richtige Musik, las die richtigen Bücher und sagte die richtigen Dinge. Die Mädchen waren alle in ihn verknallt, und sämtliche Jungs wollten mit ihm befreundet sein. Katharina und Solveig waren für ihn unsichtbar. Solveig war das egal, doch Katharina litt – und brachte die Bücher und Schallplatten, die sie seinetwegen gekauft hatte, in ihrem Zimmer in alphabetische Ordnung. Um sich zu trösten und sich von ihrem Babyspeck, ihrer Zahnklammer und ihrem glatten, feinen Haar abzulenken.

Nachdenklich schob Katharina die Hände in die Taschen. Als Teenager war sie furchtbar unglücklich gewesen, aber sie hatte es geschafft. Die Zahnspange hatte ihren Dienst getan, der Babyspeck war dank Disziplin verschwunden, und aus feinem Haar eine vernünftige Frisur zu machen, war nur eine Frage des richtigen Friseurs. Also, was sollten diese sentimentalen Gedanken? Kamen die, weil sie immer noch diesen unsinnigen Glückskeksspruch über die Schatten der Vergangenheit im Kopf hatte? Dummes Zeug. Vergangenheit war Vergangenheit. Sie würde jetzt ins Hotel zurückgehen, dort etwas essen und danach mit Jens telefonieren. Und morgen würde sie ihre Recherche im Inselarchiv in Angriff nehmen. Und irgendwann mal ihre Schwester zum Essen einladen. Von wegen Schatten der Vergangenheit. Die Sonne stand schon viel zu tief …